FICÇÕES DE
GUIMARÃES ROSA
perspectivas

FICÇÕES DE
GUIMARÃES ROSA
perspectivas

FÁBIO LUCAS

Amarilys

Copyright © 2011 Editora Manole, por meio de contrato com o autor.
Amarilys é um selo da Editora Manole.

Este livro contempla as regras do Acordo Ortográfico da Língua Portuguesa de 1990, que entrou em vigor no Brasil.

Capa
Hélio de Almeida

Projeto gráfico e diagramação
Depto. editorial da Editora Manole

Dados Internacionais de Catalogação na Publicação (CIP)
(Câmara Brasileira do Livro, SP, Brasil)

Lucas, Fábio
Ficções de Guimarães Rosa : perspectivas / Fábio Lucas. – Barueri, SP : Amarilys, 2011.

ISBN 978-85-204-2964-8

1. Ficção brasileira 2. Rosa, Guimarães, 1908-1967 - Crítica e interpretação I. Título.

10-07946   CDD-869.9309

Índices para catálogo sistemático:
1. Ficção : Literatura brasileira : História e crítica 869.9309

Todos os direitos reservados.
Nenhuma parte deste livro poderá ser reproduzida, por qualquer processo, sem a permissão expressa do autor e dos editores.
É proibida a reprodução por xerox.

A Editora Manole é filiada à ABDR – Associação Brasileira de Direitos Reprográficos.

Edição brasileira – 2011

Direitos adquiridos pela:
Editora Manole Ltda.
Av. Ceci, 672 – Tamboré
06460-120 – Barueri – SP – Brasil
Tel. (11) 4196-6000 – Fax (11) 4196-6021
www.manole.com.br / www.amarilyseditora.com.br
info@manole.com.br / info@amarilyseditora.com.br

Impresso no Brasil
Printed in Brazil

Sumário

Por que Guimarães Rosa?   VI
Advertência   XII

Parte 1   Perspectivas das ficções de Guimarães Rosa   01
Festejos de Guimarães Rosa   03
A dinâmica da dúvida em Guimarães Rosa   10
As várias Minas Gerais de Guimarães Rosa   23
Guimarães Rosa *versus* Machado de Assis   36

Parte 2   As recepções e desdobramentos de Guimarães Rosa   39
Guimarães Rosa, de passagem   41
   Aproximação com Aquilino Ribeiro   41
   Perante a crítica oficial   42
   Aproximação com Jorge de Lima   44
O malhadinhas de Aquilino Ribeiro e *Grande sertão: veredas* de Guimarães Rosa: pontos de contato, por Antônio F. Fornazaro   48
Ainda as palavras: Guimarães Rosa   54
A volta de Guimarães Rosa   59
Seleção de textos sobre Guimarães Rosa por Eduardo de Faria Coutinho   64
A construção do romance em Guimarães Rosa   68
Guimarães Rosa e Clarice Lispector: mito e ideologia   74
Oralidade na prosa de Guimarães Rosa   84
Guimarães Rosa e Euclides da Cunha: o inumerável coração das margens   88
Guimarães Rosa segundo Hygia Ferreira   97
O desvelamento de *Magma*   100
Rosa imortal   103

Índice onomástico   110

Por que Guimarães Rosa?

Deportado do gregarismo, que faz e refaz o mesmo, Guimarães Rosa promulgou a sentença de morte da maneira europeia de obrar a ficção, todavia sem desgarrar-se do totem carcomido, arruinado. Fez renascer a crença no vazio das religiões! Padeceu dos excessos, sem jamais poupar maravilhas.

Teve de tornar-se exceção para ser o maior de todos. Fundou o território geopoético de Minas tão semelhante às cores do Brasil que nação e região viraram sinônimos.

No seu processo crítico-inventor, Guimarães Rosa cita, conceitua e cria de tal modo que a forma se torna maior que a função. Isto é: a arte predomina sobre o mar de lugares-comuns.

A linguagem de Guimarães Rosa é a mesma do embuçado nas manhãs frias de Ouro Preto. Traz um segredo, a mensagem do mistério ainda indecifrado.

Quanto a Riobaldo, o narrador incontido de *Grande sertão: veredas*, a sua paz é sua guerra, mas o inverso é também verdadeiro: a sua guerra é a sua paz.

O grande lance de Guimarães Rosa foi transcender a ciência dos povos e procurar investir na validade das microações inúteis, módulos existenciais de romper, com o desprograma, o dia a dia homogêneo, tediosamente programado. Ou seja, ele jogou no risco de existir nas minúcias de cada instante, de modo contado, relatado, reconstituído, tornando verdade a mentira da ficção. Praticou, portanto, a alquimia das palavras, mesmo insistindo na fragilidade de tudo, já que viver é muito perigoso.

Guimarães Rosa ofertou a si e aos leitores um real expandido. Parecia ecoar a lição de Gonçalves Dias, em *I-Juca Pirama*: "O sonho e a vida são dois galhos gêmeos."

De par com o seu grande rival, Machado de Assis, pode ser lido e degustado por estadunidenses ou hispano-americanos. Machado de Assis, numa vasqueira fantasia do pensamento, poderia ser até um escritor europeu, estadunidense ou hispano-americano, tais os condicionamentos eurocêntricos de sua prosa e sua inserção na mundivivência urbana ocidental.

Mas com Guimarães Rosa será diferente, não obstante tornar-se cada vez mais lido e admirado nos idiomas para os quais tem sido transposto. Pois não se pode fantasiar, num salto da imaginação, o nosso Guimarães Rosa a ficcionar como um escritor europeu, estadunidense ou hispano-americano.

É que, fora da língua portuguesa ao estilo brasileiro, sertanejo, assim o cremos, Guimarães Rosa, com toda a sua plasticidade, todo o seu aparato de poliglota, todas as suas tonalidades cambiantes, perde suas veredas, será peixe fora da água, estará fadado a um desnutrido exemplo exótico.

Jorge Luis Borges? É possível conceber Borges como escritor de língua inglesa. Mostras ele deixou dessa possibilidade. Por exemplo, ao compor, com extrema finura, um soneto em castelhano, dedicado a Camões (de quem se julgou aparentado). Igualmente em castelhano está todo o universo imagético com que o poeta e prosador se projetou no panorama literário internacional. Mas *Os Lusíadas* de que ele se utilizou não foi o de língua portuguesa, mas o da tradução de Richard Burton para o inglês.

Enquanto isso, *Grande sertão: veredas* somente poderia ser redigido em português. É o que deixam sentir alguns dos tradutores do romance. O mesmo não se diria de *El Aleph* (1949). Aliás, Jorge Luis Borges, em entrevista concedida em 1962, declara: "Tudo o que tenho escrito poderia ser encontrado em Poe, Stevenson, Wells, Chesterton e alguns outros."[1] Aliás, diga-se em consideração ao ficcionista argentino que este se agastou com o comentário depreciativo de Américo Castro a respeito do "espanhol" usado em Buenos Aires, que não passaria de áspero e desprimoroso "lunfardo". Logo a seguir, Borges foi à forra e verberou o castelhano de alguns espanhóis. Em suma: Guimarães Rosa é mais intérprete do sertão do que Borges seja o aedo do orbe gaúcho ou do espaço rio-pratense.

Guimarães Rosa guardou no seu linguajar um poder de ruptura tão distante do convencional que logrou revolucionar a prosa escrita em português de modo mais radical do que o fizeram José de Alencar e Mário de Andrade. Alencar, Machado e Mário de Andrade mexeram na prosa e dotaram a narrativa de meneios sutis e englobantes, mais conforme com a chave da oralidade e com os ritmos da emoção do que os aplaudidos "mestres do bom vernáculo". Guimarães Rosa foi mais além: embruteceu o encanto das palavras, restituiu-lhes certo condão primitivo carregado da poesia mítica, ancestral e nostálgica. Eis que "a língua é um alvo em movimento", como o quer o psicólogo evolucionista Steven Pinker, professor de Harvard (EUA), autor de *O instinto da linguagem*[2].

Guimarães Rosa desenvolveu a noção de que "o idioma é a única porta para o infinito, mas infelizmente está oculto sob montanha de cinzas".

Curioso é que Borges não dispensa, na linguagem, o empenhamento fabril do artesão. Sustenta a gramaticalidade, mais do que a textualidade, em "Indagación de la palabra", constante da obra *El idioma de los argentinos*[3]. Borges se queixa dos que censuram suas "gramatiquerías" e solicitam dele uma obra "humana": "yo podería contestar que lo más humano (esto es, lo menos mineral, vegetal, animal y aun angelical) es precisamente la gramática".

Durante uma análise, palavra por palavra, de um trecho muito conhecido do *D. Quijote*, comenta: "Es decir, las palabras no son la realidad del lenguaje, las palabras – sueltas – no existen." Acrescenta: "Esa es la doctrina crociana." E vai adiante: "Croce, para fundamentarlas, niega las partes de la oración y asevera que son una intromisión de la lógica, una insolencia." "La oración (arguye) es indivisible y las categorías gramaticales que la desarman son abstracciones añadidas a la realidad."[4]

Guimarães Rosa, parece-nos, revolucionou mais a sua tradição do que Borges o fez. E, ademais, enfrentou uma Literatura que já produzira o seu mais elevado prosador, Machado de Assis. Na passagem do século XIX para o século XX, o Brasil experimentou a calma revolução de um gênio inabordável pelas regalias da moda e do aplauso ligeiro. Estava à altura dos modelos exemplares que nos eram impostos pela dominação europeia.

Prossigamos um pouco mais no paralelo da obra de Guimarães Rosa com a de Borges, na sequência das tradições nacionais do Brasil e da Argentina. Perlustrando alguns trechos de *Jorge Luis Borges, um escritor na periferia*, de Beatriz Sarlo, na tradução de Samuel Titan Jr.[5], sintamos a localização do escritor na cartografia do planeta literário. Diz a autora: "Se Balzac e Baudelaire, se Dickens e Jane Austen pareciam inseparáveis de alguma coisa que se chama 'literatura francesa' ou 'literatura inglesa', Borges, ao contrário, navega na corrente universalista da 'literatura ocidental'."

A fim de reforçar o seu argumento, Beatriz Sarlo o contrabalança com o que se perderia se se abandonasse o lado rio-pratense do genial escritor argentino:

Com efeito, Borges pode ser lido na Europa sem uma única alusão à região periférica em que escreveu toda sua obra. O que se obtém, assim, é um Borges inteligível nos termos da cultura ocidental e das versões do Oriente que esta cultura formulou, e o que se deixa de lado é um Borges igualmente inteligível nos termos da cultura argentina e, em especial, da formação rio-pratense.

No cômputo geral, conclui a autora de *Jorge Luis Borges, um escritor na periferia* que "pode-se ler Borges sem remetê-lo ao Martín Fierro, a Sarmiento ou a Lugones: lá estão os temas filosóficos; lá está a relação tensa, mas contínua com a literatura inglesa; lá estão o sistema de citações, a erudição extraída das minúcias das enciclopédias, o trabalho de escritor sobre o corpo da literatura europeia e sobre as versões que esta construiu do 'Oriente'...". Todavia, não será o bastante, segundo a visão de Beatriz Sarlo. É que a dimensão rio-pratense brota inesperadamente para desalojar a literatura ocidental de sua centralidade. A obra de Borges, portanto, se torna conflitiva.

Não será o caso da obra de Guimarães Rosa. Mesmo que busquemos nela os caminhos da Filosofia Ocidental e os resíduos da cultura oriental conduzidos pelos povos intermediários, que os transplantaram à península ibérica e aos descendentes da herança greco-latina, é mais difícil questionar a literatura roseana como estrela da constelação ocidental do que hauri-la na sua nascente, nas fontes das veredas encasteladas no grande sertão.

Notas

1. Cf. verbete de Jaime Alazraki, "Jorge Luis Borges". In *Latin American writers*, Vol. II, New York, Charles Scribner's Sons, 1989, p. 851.
2. PINKER, Steven. *O instinto da linguagem*. Trad. Claudia Berliner. São Paulo, Martins Fontes, 2002. Cf. também entrevista ao escritor inglês Ian McEwan

na revista *Areté*, traduzida no caderno "Mais", *Folha de S. Paulo*, 27 de abril de 2008, pp. 4-7.
3. BORGES, Jorge Luis. *El idioma de los argentinos*. Buenos Aires, Seix Barral; Biblioteca Breve, 1994, p. 11.
4. *Ibid.*, p. 15.
5. SARLO, Beatriz. *Jorge Luis Borges, um escritor na periferia*. Trad. Samuel Titan Jr. São Paulo, Iluminuras, 2008.

Advertência

As comemorações, em 2006, dos cinquenta anos de publicação de *Grande sertão: veredas* deram-me a oportunidade de reler mais uma vez o romance de Guimarães Rosa, parte de *Corpo de baile*, da mesma data, e outras obras do ficcionista, assim como de autores que o interpretaram, a fim de trazer novas considerações acerca dos textos que venho analisando desde o seu surgimento. Deste modo, seguem os diferentes comentários sobre a elevada aventura literária do escritor de Cordisburgo, Minas Gerais.

Depois do longo processo da publicação e das leituras da obra de Guimarães Rosa, ficou-me a sensação de ter proposto muitas questões em torno dos textos criados por ele, de ter tentado compreendê-los e de ter transmitido o clima da sua recepção ao longo de seu percurso entre várias épocas e sensibilidades. O caminho de minha própria perplexidade diante dos escritos de Guimarães Rosa fica mais ou menos esboçado neste conjunto de estudos e reflexões.

O mais fundamental é a hipótese, consumada em determinado trecho, de que o ficcionista, ao anotar seu desprazer após a leitura das *Memórias póstumas de Brás Cubas* de Machado de Assis, de certa forma intuía ou prognosticava alguns aspectos acerca dos rumos da Literatura do Brasil.

É que Machado de Assis, com a sua obra complexa, sutil e abundantemente mordaz quanto às possibilidades do gênero humano, representa sem dúvida o ápice a que pôde chegar determinado modelo de narrativa, cujos parâmetros se encontram na herança eurocêntrica. Espécie de burilada joia do paradigma ocidental.

Ademais, o modo vernacular com que o romancista carioca construiu o seu discurso literário, evocando os Clássicos da língua portuguesa e até excedendo alguns dos mais celebrados ficcionistas lusitanos, acentua o referencial europeu. Aponta para as fontes míticas e culturais da herança recebida.

Quer-nos parecer que Guimarães Rosa, senhor de um idioleto inconfundível, no calor da fusão do erudito com a loquela popular, pressentiu o nascimento de outro período da nossa Literatura. Aquela Literatura elaborada de modo endógeno, nutrida de uma causação interna, a incorporar um modelo narrativo cujo ritmo, cuja musicalidade, cuja plasticidade não poderiam mais comportar-se nos limites da herança ocidental.

Ao outorgar a voz e a expressão de sentimentos e ideias aos sertanejos, observando o modo como esses gestavam as suas reflexões sobre si mesmos, sobre os outros e sobre o universo, Guimarães Rosa tentou excluir o discurso literário que processava dos parâmetros da liturgia literária trazida pelo europeu.

A exploração temática, associada à investigação da linguagem sertaneja, fez ressurgir, no quintal da prosa brasileira, uma vegetação nova, estranha, alheia aos caminhos até então palmilhados. Parece-nos que secretamente, no íntimo, Guimarães Rosa sentia que iniciava com a sua aventura pessoal novo rumo para a nossa Literatura. É claro que, no jogo escondido da linguagem, nada pode nascer do nada. Mas o que vem de longe é herança remota, reminiscências arcaicas.

Parte 1 Perspectivas das ficções de Guimarães Rosa

Festejos de Guimarães Rosa

Quando, em 1956, terminei a leitura de *Grande sertão: veredas*, de Guimarães Rosa, romance então recém-publicado, tive a nítida sensação de haver conhecido uma obra infinitamente substanciosa e, ao mesmo tempo, incomparável. Habituado a compulsar autores nacionais e estrangeiros sob uma perspectiva axiológica, avaliativa, hierarquizadora no plano da recepção, não me ocorriam dúvidas quanto à qualidade do texto, sua riqueza, originalidade e autônoma concepção.

A opinião pública inicialmente foi tomada pelo espanto. A obra volumosa, de linguagem inovadora, de ruptura com os cânones vigentes, espelhados nos modelos realistas europeus (majoritariamente franceses), urbanos, de corte dramático-documental, não se abriu de pronto à ventura dos aplausos.

Dada a característica da obra, a aceitação de *Grande sertão: veredas* foi do tipo viscosa: lenta e impregnante. A crítica, surpresa, viu-se despreparada para a novidade, para entender a marca qualitativa do novo texto. No seu jeito informativo ou de formador de opinião, partiu para os truques costumeiros: a utilização do método genético-comparativo. Tinha, assim, de modo geral, o aspecto de denúncia punitiva. Tratava-se de apontar mesquinhas dependências. Alguns tentaram, de estalo, desqualificar a obra. Lembro-me de entrevistas jocosas de autores como Adonias Filho e Marques Rebelo, talentosos ficcionistas, vitoriosos na imprensa, mas insatisfeitos com a progressiva recepção apologética do novo autor. Diziam, por exemplo: "para se ler *Grande Sertão: veredas*, precisamos de um tradutor. O texto necessita ser passado ao português". Graciliano Ramos, um dos nossos maiores romancistas, vernaculista, penitenciava-se por não ter reconhecido o gênio de Guimarães Rosa quando julgou *Sagarana* em remoto concurso literário. Os contos eram imperfeitos, cheios de demasias, confusos. Somente depois é que Guimarães Rosa os aperfeiçoou e deu-lhes forma definitiva.

Paralelamente à rejeição de alguns companheiros, Guimarães Rosa enfrentou outro tipo de apequenamento do efeito de *Grande sertão: veredas*: muitos passaram a buscar as fontes do romancista. Houve um crítico de rodapé que o comparou a Valdomiro Silveira, alinhando-o, portanto, na corrente regionalista da ficção brasileira, a buscar no sertão, "genuinamente nacional", o contraste com as formações urbanas, de forte influência estrangeira. Deste modo, *Grande sertão: veredas* estaria no rumo dos sertanistas e de sua concepção ingênua da brasilidade.

Já os avançados experimentalistas, curtidos ainda no êxito das vanguardas e do Modernismo retardatário, meteram suas estacas no terreno das influências: James Joyce de *Ulisses* e Mário de Andrade de *Macunaíma*. Portanto, *Grande sertão: veredas* não poderia florescer sem o conhecimento daquelas obras revolucionárias.

Nesse movimento genético-comparativo, na falta de filiação explícita, muitos aventuraram na supervisitada trilha da tradição latino-americana: "*Grande sertão: veredas*. Obra de confecção barroca. Mais um texto barroco para a nossa insuperável coleção".

Por último, há os que buscaram filiação do *Grande sertão: veredas* ao *Faust* de Goethe ou ao *Hamlet* de Shakespeare. Do primeiro extraíam a inspiração do pacto com o demônio; do segundo, a hesitação permanente entre ser e não ser.

Para conter o meu atordoamento, fui procurar subsídios nos melhores intérpretes da corrente intrínseca de leitura dos textos. Ecoavam ainda no ambiente a influência do imanentismo do comentário crítico. M. Cavalcanti Proença, por exemplo, já havia percorrido com obra analítica as riquezas de *Macunaíma*. Agora, nas "Trilhas do Grande Sertão"[1] podíamos nos abastecer de informações mais objetivas, menos emocionais.

Outro crítico, Oswaldino Marques, proporcionava leitura intrínseca em "Canto e plumagem das palavras"[2].

Mais adiante, defrontei-me com a tese de doutoramento de Ivana Versiani dos Anjos, *Os prefixos intensivos em 'Grande sertão: veredas*'[3] e as admiráveis reflexões de Donaldo Schüler, "*Grande sertão: veredas*: estudos"[4].

Esses e outros autores me afastaram dos apriorismos da cultura periférica, eurocêntrica e quase mecânica. Eu desejava vislumbrar, na obra, a soma de essência e de artifício artístico. Mais tarde, quando imperava nos meios acadêmicos o domínio da Linguística como ciência-chave, ciência-motora das Humanidades, tive ocasião de perlustrar, de Suzi Frankl Sperber, o iluminado conjunto de estudos *Guimarães Rosa: signo e sentimento*[5]. Daí por diante, todos sabem, proliferou a maior bibliografia ensaística sobre um escritor brasileiro, a ponto de ombrear com as de Machado de Assis, Euclides da Cunha e, mais recentemente, com as de Carlos Drummond de Andrade e de Clarice Lispector.

Na crônica da recepção de *Grande sertão: veredas*, há um episódio em que fui envolvido. Naquele tempo, o *Correio da Manhã*, do Rio de Janeiro, era o jornal mais lido do Brasil. Tinha, como os demais, um suplemento literário e uma coluna diária de notícias da Literatura. Ali pontificava um dos grandes leitores do Brasil, Brito Broca. Eu havia publicado no *Boletim bibliográfico brasileiro*, da

Biblioteca Nacional, breve reflexão sobre *Grande sertão: veredas* e, no rumo das afinidades, lembrara que, em língua portuguesa, somente me ocorria, pelo inusitado da linguagem, pelos giros fraseológicos e pelo vigor da narrativa, a novela "O Malhadinhas" de Aquilino Ribeiro, constante da obra *Estrada de Santiago*, de 1922. Brito Broca apreciou o meu artigo.

O registro teve larga repercussão. Mauritônio Meira, que mantinha animada coluna literária no *Jornal do Brasil*, resolveu entrevistar Guimarães Rosa a respeito, insinuando que eu achara a fonte de sua linguagem (o que, é claro, não passa de um absurdo). Guimarães Rosa sistematicamente não concedia entrevistas e, então, deu respostas evasivas ao repórter, que as publicou. O assunto morreu ali. Certa vez, o professor e ensaísta português Arnaldo Saraiva quis investigar o período em que Guimarães Rosa, tendo permanecido uma temporada em Portugal, tomou conhecimento do texto de Aquilino Ribeiro. Enviei-lhe, então, cópias do meu artigo e da "entrevista" de Guimarães Rosa. Saíra esta no *Jornal do Brasil* de 11 de janeiro de 1959. Disse ele, com toda razão, que cada leitor acha uma coisa, é livre. E tudo depende de quem interpreta. Fazer um livro é como bordar um tapete: cada um que vê, acha uma coisa. Se o leitor achou isso, é porque ali está: o leitor tem sempre razão; o não leitor... também! Quando fazemos um livro, não vale a intenção. O que está no livro é o que desejamos dizer, entendam ou não entendam. Quantas vezes queremos dizer uma coisa e entendem outra e vice-versa.

No meu livro *Horizontes da crítica*[6], relato os meus primeiros contatos com a obra de Guimarães Rosa em três pequenos comentários: "Aproximação com Aquilino Ribeiro" (novembro de 1958); "Perante a crítica oficial" (setembro de 1959) e "Aproximação com Jorge de Lima" (fevereiro de 1962).

Volto ao início. Por que o meu entusiasmo, quase um deslumbramento? Na perspectiva da primeira leitura, quatro grandes aspectos me chamaram a atenção: primeiro, o diálogo monologante de Riobaldo, com o qual o romancista cria uma personagem única na literatura brasileira. E gera um andamento narrativo diferente da noção causal/ temporal dos grandes textos até então desenvolvidos. Encadeamento de episódios e de modos de contar que adicionam à caracterização psicológica do narrador, em primeira pessoa, dimensões e nuances inéditas até o seu aparecimento. Uma espécie de psicologia gestáltica enredada em noções filosóficas derivadas de alguns dualismos gnósticos entre o ser e o não ser, Deus e o mundo material, matéria e espírito, o Bem e o Mal, monoteísmo e politeísmo. Tudo gerenciado ora por impulsos de afirmação apodítica, ora pela insegurança da dúvida. Assiste razão a Donaldo Schüler quando atesta: "O monólogo de Riobaldo está no limite entre o monólogo interior e (se se permite a expressão) o monólogo exterior. O monólogo exterior se dirige a um auditório constituído em *Grande sertão: veredas* por um único ouvinte."[7]

O que Riobaldo busca é a sua destinação de pactário ou de não pactário. Daí o dilema entre existir, ou não, o Diabo. Vai além do drama fáustico, tal como este se apresenta na obra de Christopher Marlowe, *The tragic history of Doctor Faust*. Cria uma dúvida insolúvel.

Derivado desse veio de criação de um caráter, vem o estudo meticuloso das diversas faces do amor. O lascivo, de apelo orgânico; o platônico; o procriador, gonático, representativo da continuidade da espécie e, ao mesmo tempo, da manutenção do poder fundiário. No plano da linguagem, quando Guimarães Rosa restaura a voz de entidades em vias de extermínio pelo avanço da civilização, explora a constelação de mitos que acentuam as imagens e os símbolos poéticos.

O segundo aspecto é a criação de uma imitação de epopeia, pois enfatiza a luta entre grupos de jagunços. Retrata a disputa do poder, da hegemonia e o acerto de contas (vingança) entre formações sociais atípicas, cujo vínculo desliza entre: a) associações espontâneas ou forçadas, sem perspectiva de dominação de classe (a personagem Zé Bebelo caricatura uma difusa aspiração política), e b) aglutinação mítica em torno de lideranças carismáticas ou longinquamente salvacionistas. O relato, aí, deixa de ser "psicológico" para se tornar de aventuras, nos moldes do romance de cavalaria. Consigna a morte do sertão, absorvido pelas energias das novas formas de vida.

O terceiro aspecto diz respeito a duas formas ancestrais, priscas, de indagações humanas, que são reinstauradas: o amor como forte atração indeterminada, mas inelutável, imperativa; e a pugna de localizar o Bem e o Mal, que não dispõem de limites nem de sinais claros e se mesclam na condição humana.

Por último, o prodígio máximo, a linguagem de Guimarães Rosa, a mais brasileira, a mais complexa, a mais irredutível à retórica passada, à gramática normativa. A prosa mais poética e, por isso mesmo, a mais intraduzível para outros idiomas.

Sobre a recepção da obra, depois do período probatório, já que o grande escritor altera o passado e o futuro de uma literatura: em um inquérito da *Folha de S. Paulo*, apresentado a um júri de intelectuais, em 1998, *Grande sertão: veredas* ficou, entre 30 títulos, como o melhor romance nacional de todos os tempos. Já na lista das 100 melhores obras de ficção de todos os tempos, do jornal inglês *The guardian*, ouvidos 100 escritores de 54 países, *Grande sertão: veredas* é o único representante do Brasil. Isso foi em maio de 2002.

NOTAS

1. Cf. PROENÇA, Manuel Cavalcanti. *Augusto dos Anjos e outros ensaios*, Rio de Janeiro, José Olympio, 1959, pp. 151-241.
2. Cf. MARQUES, Oswaldino. *A seta e o alvo. Análise estrutural de textos e crítica literária*, Rio de Janeiro, INL, 1957, pp. 9-128.
3. ANJOS, Ivana Versiani dos. *Os prefixos intensivos em 'Grande sertão: veredas'*. Belo Horizonte, edição da autora, 1969.

4. SCHÜLER, Donaldo. "Grande sertão: veredas: estudos". *Correio da Manhã*, Rio de Janeiro, 30/12/1967, e *Correio do Povo*, Porto Alegre, 23/05/1965. Cf. também *Guimarães Rosa* – seleção de Eduardo de Faria Coutinho, Rio de Janeiro, Civilização Brasileira/INL, 1983, pp. 360-77.
5. SPERBER, Suzi Frankl. *Guimarães Rosa: signo e sentimento*. São Paulo, Ática, 1982.
6. LUCAS, Fábio. *Horizontes da crítica*. Belo Horizonte, Edições MP-Movimento/Perspectiva, 1965.
7. SCHÜLER, Donaldo. "Grande sertão: veredas: estudos". In *Guimarães Rosa*, seleção de Eduardo de Faria Coutinho, Rio de Janeiro: Civilização Brasileira/INL, 1983, p. 361.

A dinâmica da dúvida em Guimarães Rosa

A linguagem de Guimarães Rosa é o primeiro desafio para seu intérprete. Talvez o primeiro obstáculo para muitos leitores que desistiram de desfrutar as riquezas do romancista mineiro, de modo especial de *Grande sertão: veredas*, obra de mais ambicioso arcabouço.

Nesse romance, o autor desenvolve largo projeto de busca, a pretexto de relatar as façanhas praticadas pelo protagonista/ narrador. Então, dois procedimentos se desdobram: o discurso individualizado de autodefinição moral entre as forças do Mal e as do Bem (ou, no comum entendimento da consciência místico-religiosa, entre as tramas do Diabo e as astúcias de Deus) e, simultaneamente, a narrativa das operações guerreiras de bandos armados em disputa de hegemonia ou em ato de vinganças de agravos passados. O sertão palmilhado pelos jagunços.

Para concretizar o projeto, Guimarães Rosa articula um dizer original, apoiado em fontes várias que mesclam arcaísmos, empréstimos de línguas estrangeiras e neologismos, tudo impregnado pela índole do linguajar interiorano brasileiro (de modo particular do sertão que abrange o noroeste de Minas Gerais e o sudoeste da Bahia).

O referencial geográfico de *Grande sertão: veredas* intrigou a muitos pesquisadores. O pioneiro terá sido Alan Viggiano com *Itinerário de Riobaldo Tatarana*[1]. A ele seguiram-se muitos pesquisadores e documentaristas, inclusive fotógrafos. De algumas personagens se buscaram referentes históricos ou fisiognômicos. Exemplos: o historiador e pesquisador Marco Antônio Tavares Coelho, em "As diversas vidas de Zé Bebelo"[2], apoiado em Levínio Castilho e Saul Martins[3] sustenta ter sido o coronel Rotílio Manduca, dono da Fazenda Baluarte, o inspirador da figura de Zé Bebelo. Do mesmo modo, Ariosto da Silveira, em *O baixo-sertão de Guimarães Rosa*[4] aponta Manoel Rodrigues de Carvalho, kardecista, uma espécie de curandeiro, morador do povoado de Gentios, a dez quilômetros de Itaguara, então distrito de Itaúna, onde Guimarães Rosa clinicou, como o inspirador do Compadre Meu Quelemém do *Grande sertão: veredas*. Outras personagens são contrapostas a viventes mineiros nos vários contos do escritor. A esse difuso mimetismo se juntam as pesquisas morfossintáticas processadas por linguistas e sociolinguistas interessados em investigar as estruturas da fala sertaneja projetadas na escrita do ficcionista.

Assim, o vocabulário, as construções frásicas e verbais despertaram o belo estudo de Teresinha Souto Ward intitulado *O discurso oral em 'Grande sertão: veredas'*[5], obra por mim prefaciada. A ensaísta explora a ilusão da oralidade construída pelo romancista, após gravar 40 horas de entrevistas no território em que presumivelmente se desenrola o enredo. Tentou uma sociopoética que não se basta em descrever os códigos de significação e de comunicação (teoria da caixa preta) ou em apenas explicá-los (teoria da caixa translúcida). Preferiu adotar uma estética simultaneamente descritiva e explicativa.

A herança sertaneja sugeriu igualmente a Leonardo Arroyo a obra *A cultura popular em 'Grande sertão: veredas'*[6], de rico levantamento de fontes da fala rural brasileira representada na Literatura. Certa vez, Leonardo Arroyo me estimulou a procurar uma obra de ficção que retratava Antônio Dó, **Antônio Dó: bandoleiro das barrancas**[7]. Teresinha Souto Mayor, mais tarde, me presenteou com uma fotocópia da narrativa. Autor: Manuel Ambrósio. A pesquisa do mundo oferecido, como fato genético do mundo criado ficcionalmente, não cessa aí. No campo da linguagem, há tempos o amigo William Myron Davis, misteriosamente desaparecido das Letras, me regalou com dois estudos insólitos: "Japanese elements in *Grande sertão: veredas*", separata da *Romance philology*[8], e "Indo-Iranian mythology in *Grande sertão: veredas*"[9].

Impressiona o modo pelo qual Guimarães Rosa acumula informações para traçar o cenário dos episódios lírico-dramáticos. A flora e a fauna do sertão minuciosamente são chamadas a fim de dar verossimilhança ao relato. As indagações filosófico-religiosas contêm resíduos de conhecimento de variados credos, abordagens míticas, e de palavras oriundas de inúmeras línguas. Guimarães Rosa era poliglota e manifestava especial prazer no cultivo de idiomas. Quando esteve em Itaguara, narra Ariosto da Silveira, aproximou-se de um grupo cigano com a finalidade de ouvir os falares daquele povo estranho.

Chegou a escrever a Mary Lou Daniel, a 3 de novembro de 1964: "Eu quero tudo: o mineiro, o brasileiro, o português, o latim – talvez até o esquimó e o tártaro. Queria a língua que se falava antes de Babel." Esta última sentença diz tudo. A ambição de Guimarães Rosa, pelo visto, era alcançar a aurora do mundo, quando o verbo dava nome às coisas. Dirigindo-se a Edoardo Bizarri, seu tradutor para o italiano, assim se pronuncia:

> O que deve aumentar a dor-de-cabeça do tradutor é que: o conceito é exótico e mal conhecido; e o resto, que devia ser brando e compensador, são vaguezas intencionais, personagens e autor querendo subir à poesia e à metafísica, juntas, ou, com uma e outra como asas, ascender a incaptúráveis planos místicos.

Deste modo, temos como raiz principal da linguagem do romancista a modelagem pessoal da oralidade, da dicção popular e da expressividade das palavras na sua nascente, ainda não contaminada dos registros lógicos ou da gramática da civilização. Uma linguagem impregnada da índole falante do território rural.

O recuo para os dizeres primais significa a atitude de captação do real e da poesia perdidos no uso repetitivo, redundante, de elevado teor reiterativo. O narrador caminha em direção das nascentes da fala e das ideias. Daí a exploração de personagens libertas da servidão das regras, como as crianças, os loucos e os primitivos; enfim, toda a população mais chegada à natureza. Pois é na passagem do estado de inocência para a condição de adulto operante e engajado na prática social que se dá a ruptura entre a língua e o discurso, entre a manifestação prazerosa, não administrada, a-histórica, e a expressão utilitária, instrumentalizada. Dá-se, portanto, a cisão entre a unidade da língua com a natureza e a fragmentação discursiva proporcionada pela socialização dos procedimentos de comunicação. Período do estilhaçamento do "eu".

Guimarães Rosa tenta captar o étimo anterior à fratura. Quer dizer: a espontaneidade, a essencialidade, o destemor e a originalidade anímica da nomeação das coisas e das relações.

Daí a gradação energética das metáforas, das alegorias e todo o arsenal simbólico posto a serviço da narrativa e dos efeitos literários.

A construção do "eu", o *ego cogito*, mais uma vez é posta em questão no reino da narrativa. Mas o processo causal/temporal desloca-se do sujeito para o objeto e concentra-se na erosão da verdade, e no real focalizado na função predicativa, na ressurreição do objeto. Pululam metáforas e conversões de ideias em imagens emotivas.

A multiplicidade de leituras filosóficas e religiosas capacitou ao ficcionista exprimir-se por meio de aforismos, unidades frásicas de conteúdo moralista ou especulativo. Certa vez, cheguei a sugerir a uma doutoranda em Teoria da Literatura que estudasse o estilo sentencioso de Machado de Assis e de Guimarães Rosa, a partir do adagiário que denota (de cunho moralista) e do que conota (de natureza poética). Mas a pesquisa ficou a meio termo e não se concluiu. Devem ser consideradas outras unidades maiores de significação, inseridas na articulação do texto narrativo. Assim, as historietas exemplares com que o narrador vai pontilhando o seu relato. Exemplos: logo no início da obra, temos o caso de Aleixo, "homem das maiores ruindades calmas", que matou um velho inocente e acabou se cegando, juntamente com os seus filhos. Regenerara e "agora vive na banda de Deus"[10].

Logo a seguir vem o episódio de Pedro Pindó e seu filho Valtêi, nascido para fazer o mal. De tanto castigá-los, os pais se acostumaram gostosamente a flagelá-lo, de tal sorte que o menino se condenou à morte precoce, débil e fraco: "sofre igual que se fosse um menino bom" (p.14). Subtextos dramáticos, exemplares, pedagógicos, de importante efeito simbólico. O menino era mau por índole. Em resumo: "passarinho que se debruça – o voo já está pronto" (p. 13). O relato de Riobaldo, unilateral, dialogante com ilustrada pessoa que o escuta, está, pois, marchetado de comentários, reflexões, episódios ilustrativos, retraçados "em tantas minudências" (p. 92). Às vezes, fica entendido que a palavra precede a ação: "O que eu vi, sempre, é que toda ação principia mesmo é por uma palavra pensada." (p. 137) Mais: em período posterior às lutas, no tempo do "range rede", o narrador se cria em pensamento: "E me inventei neste gosto, de especular ideia."(p. 11)

Temos, com Riobaldo, o narrador que rememora, retraduzindo fatos e episódios passados, na quietude da velhice. Certas sentenças o redimem de culpa: "O mal ou o bem, estão em quem faz; não é no efeito que dão" (p. 77). Pouco adiante, reconversa:

> Sei que estou contando errado, pelos altos, desemendo. Mas não é por disfarçar, não pense. De grave, na lei do comum, disse ao senhor

quase tudo. Não crio receio. O senhor é homem de pensar o dos outros como sendo o seu, não é criatura de por denúncia. E meus feitos já revogaram, prescrição dita. Tenho meu respeito firmado. Agora sou anta empoçada, ninguém me caça. Da vida pouco me resta – só o *deo-gratias*; e o troco. (p. 77)

Ato contínuo, o narrador propõe um trecho de sua Poética:

A lembrança da vida da gente se guarda em trechos diversos, cada um com seu signo e sentimento, uns com os outros acho que nem não misturam. Contar seguido, alinhavado, só mesmo sendo as coisas de rasa importância (pp. 77-8).[11]

O narrador, na verdade, se apresenta como falante compulsivo que dialoga com outra personagem, cuja presença somente se denuncia nos questionamentos que ele mesmo, narrador, faz. Sabe-se ser um homem ilustre, culto, ouvinte atento e de grande paciência. O romance, por isso, abre-se com um travessão, indicativo de diálogo. Daí se desencadeia a fala comprida do titular do relato. O interlocutor (narratário, na concepção de Gérard Genette, isto é, o destinatário da narrativa) se traduz por intermédio de funções conativas (no sentido emprestado a elas por R. Jakobson, ou seja, expressões de ligação do discurso, de apelo ou de retomada da atenção do destinatário da mensagem). Palavras, sintagmas, sons, resmungos, elipses, exclamações, tudo serve para se retomar o diálogo monologante, se assim se pode classificar. Presume-se, às vezes, que o interlocutor esteja escrevendo o que ouve, dadas certas falas ocasionais do narrador.

A conjunção de tudo isso em batida orquestração é que faz a funcionalidade do texto de Guimarães Rosa. Único, irredutível e intraduzível.

Temos a revitalização de experiências humanas no plano da imaginação. Dá-se, ao mesmo tempo, criação e valoração. Ambas projetadas ao plano estético, iluminador de extensos campos da Beleza. Daí o sentido do maravilhoso que se instaura a cada momento da leitura do romance.

Como Guimarães Rosa excede na reconquista do homem e da consciência natural, mas de uma forma artística, portanto, projetada, sofridamente articulada e obtida, ocorre, então, o caso mais extremo do seu filosofar: o reconhecimento radical da aporia do espírito humano, crucificado entre a herança intemporal de impulsos vitais, genéticos, e a intencionalidade movida pela razão e por uma teleologia difusa, programada tanto quanto possível. Sob controle, portanto, do criador na sua enunciação.

Confirma-se o caráter desinteressado da atitude estética, cujo potencial se energiza diante do fator distanciamento. Das ruínas culturais é que Guimarães Rosa retira o maior grau de poeticidade do texto, o seu pode evocador.

No plano da epopeia, tenta restaurar a totalidade estilhaçada pelos particularismos da sociedade moderna. A totalidade do olhar investigativo e conhecedor, da consciência iluminada pelo relâmpago da revelação, de acordo com as regras inominadas da epifania. De certo modo, Guimarães Rosa restaura, na literatura brasileira, o horizonte compartilhado, unindo o antigo e o novo, sem correr atrás da crônica urbana de costumes nem do roteiro do herói dominante. Esqueceu-se da tentação jornalística, tão do agrado da imprensa e da indústria da notícia, e meteu-se na furna dos mitos e da arqueologia cultural. Quebrou as convenções que levam a uma referencialidade prevista, predeterminada, ao modo da pleonástica redundância fática, já que o caminho do desvio criador tira a obra da esfera do *ad nauseam* para o campo da memória inesquecível.

O real é desenhado como travessia, não há princípio a escrutinar, nem fim que se busque. A prática existencialista reza que a vida é projeto. *Pro-jectu*, algo que se remete para frente. Na voz de Riobaldo: "Digo: o real não está na saída nem na chegada: ele se dispõe para a gente é no meio da travessia." (p. 52) Ou, mais explicitamente, já adiantada a narrativa: "Porque aprender-a-viver é que é o viver, mesmo." (p. 443)

O eixo da aporia fundamental é que leva o escritor a edificar personagens que transitam ao léu da sorte, sob o influxo das surpresas da vida. Todas elas apresentam um projeto interrompido, pois o significado de tudo não está na destinação mítica, tarefa dos deuses, nem na cena paradisíaca do fim feliz, mas na busca. Tudo é busca no *Grande sertão: veredas*: da linguagem, da vitória, da afirmação de Deus ou da possibilidade de pacto com o demo. Conforme a sentença de Diadorim: "Moço: Deus é paciência. O contrário, é o diabo" (p. 16). Mais adiante, retrabalha o tema:

> E, outra coisa: o diabo, é às brutas; mas Deus é traiçoeiro! Ah, uma beleza de traiçoeiro – dá gosto! A força dele, quando quer – moço! – me dá o medo pavor! Deus vem vindo: ninguém não vê. Ele faz é na lei do mansinho – assim é o milagre. E Deus ataca bonito, se divertindo, se economiza. (p. 21)

Sempre em contraste, figuração de opostos. O narrador conta o passado e, quando rememora os melhores momentos, faz que renasçam os prazeres da vida. O passado se torna um recanto do Paraíso. Exemplos são os encontros com Diadorim. E, ocasionalmente, com o alemão Seo Emílio Wuspes, quando o protagonista reflexiona:

> Sempre gosto de tornar a encontrar em paz qualquer velha conhecença – consoante a pessoa se ri, a gente se acha de voltar aos passados, mas parece que escolhidas só as peripécias avaliáveis, as que agradáveis foram. (p. 57)

No fundo, no ritmo da procura infindável, o que prospera, na leitura do texto, é a dinâmica da dúvida. Até o amor mais forte e casto se revela infrutífero na morte do parceiro idolatrado pelo narrador: Diadorim. Também ali a gênese do amor carnal é interrompida, na revelação do hibridismo sexual da pessoa amada. A revolução/revelação do final do romance é estonteante para Riobaldo: no corpo de Diadorim fundiram-se a libido e a interdição.

A imagem de Diadorim vai-se tracejando aos poucos. Em dado momento, ocorre a sinalização do mal e a retratação do inferno no lusco-fusco da mente. Ao adormecer, Riobaldo nociona as posições: Medeiro Vaz tresloucado, Hermógenes pactário e o doce amor de Diadorim a florir. O inconsciente a ferver: "Noite essa, astúcia que tive uma sonhice: Diadorim passando por baixo de um arco-íris. Ah, eu pudesse gostar dele – os gostares..." (p. 41)[12]. Em vida de ambos, impera a restrição ética e a proibição autoritária; na ocasião da morte do(a) parceiro(a) é que vem a libertação tardia, impossível, da conjunção amorosa. Dá-se o corte abrupto do laço afetivo.

A primeira vez que, no relato de Riobaldo, aparece Diadorim, o narrador conta ataque que sofrera da polícia associada a inimigos e como o súbito descontrole místico de José Cazuzo, gritando, convertido, a visão de Nossa Senhora, distraíra a atacante soldadesca e derase folga para descanso e fuga. Daí por diante a sombra amiga se torna mais frequente. Exemplo: "Bem-querer de minha mulher foi que me auxiliou, rezas dela, graças. Amor vem de amor. Digo. Em Diadorim, penso também – mas Diadorim é a minha neblina..." (p.22).

A companhia amada reaparece quando Medeiro Vaz ocupa semanas a Fazenda Boi-Preto dum Eleotério Lopes para descanso. Cavalos "mazelados", pés de gente cansada. Aí Riobaldo e Diadorim fruem as águas do Urucuaia... "Aqueles foram os meus dias", relata Riobaldo. Constrói-se entre os dois uma atmosfera idílica, cheia de subentendidos.

A fissura entre a impulsão heroica e o anacronismo dos ritos, entre a vontade e os meios ao alcance da pessoa, degrada o estatuto do herói. O grande regente é o acaso. Ou o Destino. No dizer do narrador: "Eu sou é eu mesmo. Divêrjo de todo o mundo... Eu quase que nada não sei. Mas desconfio de muita coisa". Pouco adiante: "de sorte que carece de se escolher: ou a gente se tece de viver no safado comum, ou cuida só de religião só". E mais: "O que mais penso, texto e explico: todo-o-mundo é louco. O senhor, eu, nós, as pessoas todas. Por isso é que se carece principalmente de religião: para se desendoidecer. Reza é que sara da loucura. No geral." (p. 15)

Não obstante desfalecer o mito do herói, a obra magnifica o rito da passagem, a ânsia da busca inerente às vontades fortes. Canoniza a dinâmica da dúvida. No final das contas, retira o romance brasileiro do canal estreito da imitação epigônica da narrativa urbana, processualisticamente decorrente de um realismo mecânico, determinista, de causalidade previsível.

O romancista é fino no retratar nuances da psicologia do narrador. Como, por exemplo, a alegria do menino Riobaldo na primeira experiência de ver um grupo de mais de cem jagunços e a si mesmo com a função de encaminhá-los a um lugar seguro: "meu coração restava cheio de coisas movimentadas" (p. 94). Nos desenhos-sínteses de personalidades é imbatível. Como ao descrever Rozendo Pio, farejador de caminhos, localizado pelo menino Riobaldo, a serviço do Padrinho Selorico, resume: "E esse Rozendo Pio era tratantaz e tolo. Demorou muito, com desculpa de arranjo." (p. 94)

Do deslocamento da esfera pessoal para o campo do coletivo, opera-se o esboço, a tentativa do relato épico. A epopeia é gênero da máxima coesão, do império de uma verdade cega, inconsútil. Guimarães Rosa, então, resgata as ruínas do gênero em extinção. Opera a estratégia de retrocesso ao quadro cultural anterior, carregado de nostalgia, de poetização do passado. O que se passou vira riqueza, cabedal de recordações. O progresso é conquista apenas no aspecto técnico, operacional. O importante é ressaltar a experiência humana, nos seus altos e baixos, nos seus riscos e aquisições. Guimarães Rosa, além do trajeto individual, projetado no discurso monologante de Riobaldo, conta igualmente o fim da jagunçagem organizada, aventura grupal. No comentário de Riobaldo: "Os bandos bons de valentões repartiram seu fim; muito que foi jagunço, por aí pena, pede esmola." (p. 23)

Aliás, o próprio depoimento pessoal do narrador carrega-se de sinais de decadência: "Sempre, no gerais, é à probreza, à tristeza." (p. 23) O que fica são nostalgias, a paisagem do passado, "as belezas sem dono", conforme depõe o narrador (p. 23). É Riobaldo que pronuncia: "O senhor sabe? Já tenteou sofrido o ar que é saudade? Diz-se que tem saudade de ideia e saudade de coração." (p. 24) Mas há também o passado refeito no estalar da surpresa e da alegria, conforme o reencontro com Seo Emílio Wuspes, já referido. Ou remissão às eras primitivas: "Então, eu vi as cores do mundo. Como no tempo em que tudo era falante, ai, sei" (p. 115). Mas a trama verdadeira é a de que a cidade matou o sertão: "Ah, tempo de jagunço tinha mesmo de acabar, cidade acaba com o sertão. Acaba?" (p. 129) Teria matado? acrescentamos. Os dois mundos, o do mito e o da História, se entrelaçam prodigiosamente.

Grande sertão: veredas retrata, além do mais, o princípio da continuação às cegas, o presente que não acaba nunca. É quando o sujeito se esquece naquela atmosfera de luta sem parar:

> Tudo, naquele tempo, e de cada banda que eu fosse, eram pessoas matando e morrendo, vivendo numa fúria firme, numa certeza, e eu não pertencia a razão nenhuma, não guardava fé e nem fazia parte. Abalado desse tanto, transtornei um imaginador. Só não quis arrependimento: porque aquilo sempre era começo, e descoroçoamento era modo-de-matéria que eu já tinha aprendido a protelar. (p. 110)

Pelo visto, na consciência do narrador, predomina o rosário de dúvidas. Exemplo: gostar-de-amar Diadorim é possível? É coisa que se confessa sem reprovação? É do lado de Deus? Ou do Diabo? E o

Diabo existe? Se existe, pode-se com ele pactuar? Pois o pacto, realizado, submeteria o narrador à destinação do Mal. Mas precisaria de confirmação. Mais do que fáustico, o questionamento de Diadorim leva a uma aporia sem termo:

Teve grandes ocasiões em que eu não podia proceder mal, ainda que quisesse. Por quê? Deus vem, guia a gente por uma légua, depois larga. Então, tudo resta pior do que era antes. Esta vida é de cabeça-para-baixo, ninguém pode medir suas perdas e colheitas (p. 112).

As perguntas de Riobaldo ampliam a consciência indagadora do leitor: "Como é que se pode gostar do verdadeiro no falso?" Logo adiante, o narrador se põe na esfera do amor nebuloso: "Eu passava fácil, mas tinha sonhos, que me afadigavam. Dos que a gente acorda devagar. O amor? Pássaro que põe ovos de ferro." (p. 49) O teor do ser humano, pelo visto, aninha-se numa dúvida sem termo.

Notas

1. VIGGIANO, Alan. *Itinerário de Riobaldo Tatarana*. Belo Horizonte, Comunicação/INL, 1974.
2. COELHO, Marco Antônio Tavares. "As diversas vidas de Zé Rebelo". *Estudos Avançados*, São Paulo, USP, vol. 17, n. 49, pp. 343-8.
3. Saul Martins é autor de *Antônio Dó*, 3. ed., Belo Horizonte, Sesc/MG, 1997.
4. SILVEIRA, Ariosto da. *O baixo-sertão de Guimarães Rosa*. Belo Horizonte, edição do autor, 2002.
5. WARD, Teresinha Souto. *O discurso oral em 'Grande sertão: veredas'*. São Paulo, Duas Cidades, 1984.
6. ARROYO, Leonardo. *A cultura popular em 'Grande sertão: veredas'*. Rio de Janeiro, José Olympio, 1984.
7. AMBRÓSIO, Manuel. *Antônio Dó: bandoleiro das barrancas*. Januária, Prefeitura Municipal, 1976.
8. DAVIS, William Myron. "Japanese elements in *Grande sertão: veredas*". *Romance Philology*, May, 1976.

9. Id. "Indo-Iranian mythology in *Grande sertão: veredas*". Madison, The University of Wisconsin Press, 1974.
10. Cf. *Grande sertão: veredas*, 6. ed., Rio de Janeiro, Livraria José Olympio Editora, 1968, pp. 12-3.
11. Daí teria Suzy Frankl Sperber extraído o título de seu precioso estudo, *Guimarães Rosa: signo e sentimento*.
12. Cf. também o episódio das pp. 40-1.

As várias Minas Gerais de Guimarães Rosa

Grande sertão: veredas introduziu no espírito investigativo dos intérpretes, críticos e analistas a sanha de desvelar o mundo real que o autor teria reproduzido artisticamente na obra. Um dos modos de perseguir essa possibilidade foi o de identificar o espaço geográfico da ação dramática (o exemplo de Alan Viggiano em *Itinerário de Riobaldo Tatarana*) ou de vasculhar a dimensão linguística da região em que se desenrolam os episódios narrados por Riobaldo (o exemplo da obra de Teresinha Souto Ward intitulada *O discurso oral em 'Grande sertão: veredas'*). Geografia física e geografia humana.

Não cessa aí a inquirição despertada. Tivemos o caso singular de vários jornalistas e fotógrafos que tentaram registrar o caminho da boiada que João Guimarães Rosa acompanhou nos idos de 1952. Buscou-se não somente documentar o sertão palmilhado pelo escritor, como também entrevistar alguns acompanhantes de sua jornada. Misto de biografia e de crítica genética. Além da viagem pelos diferentes pontos, consultaram-se exaustivamente as notas e os apontamentos de Guimarães Rosa, enquanto este acompanhava a marcha do gado (seiscentas reses) a partir da fazenda da Sirga, a 19 de maio de 1952, até a Fazenda S. Francisco, a 24 de maio de 1952, numa extensão de 240 km a cavalo.

É o que informa a obra *Nas trilhas do Rosa: Uma viagem pelos caminhos de 'Grande sertão: veredas'*, de Fernando Granato, com fotografias de Walter Firmo.[1] Já nessa obra, o leitor se dá conta de que aquele serrado se transformara num deserto, graças à queima das árvores para se fazer carvão para a indústria siderúrgica (a Companhia Belgo-Mineira foi uma das grandes responsáveis pela destruição dos rios, das matas, do ecossistema, enfim, da natureza de Minas Gerais, sob o mais absoluto silêncio de governos e da sociedade civil). Os boiadeiros, tão solenemente esculpidos pelo ficcionista, se transformaram em carvoeiros. Guardam em comum a miséria e a sub-remuneração. As plantações de eucaliptos destruíram a paisagem agreste e as veredas tão minuciosamente descritas por Guimarães Rosa.

Sobre o destino do espaço físico e humano explorado pelo romancista convém lembrar o eloquente artigo de Marcos Sá Corrêa com o título "Grande Sertão do parque é bem menor que o do livro". O jornalista lembra o Parque que foi batizado com o nome do livro em 1989:

> E, no mapa, o Grande Sertão cabe oficialmente na mancha verde que se encravou como parque entre Minas e a Bahia. Visto assim, parece mofino. Está entregue a dois funcionários do Ibama. Mas criá-lo foi uma luta como as de Riobaldo Tatarana.[2]

O articulista exalta os esforços da engenheira agrônoma Maria Tereza Pádua, da ONG Funatura, que deu o nome do livro ao Parque e providenciou o decreto para salvar a mancha verde.

O horror da interferência humana no território do Grande Sertão de Guimarães Rosa é documentado na obra, a muitos respeitos admirável, *Vereda: berço das águas*[3], cujo projeto e coordenação editorial se devem ao geógrafo Ricardo Soares Boaventura, coadjuvado pelas riquezas fotográficas de Cyro José Soares e textos técnicos do biólogo Francisco Mourão Vasconcelos e do jurista João Paulo Campello de Castro. A flora e a fauna sobreviventes se mostram exuberantes na publicação, cujos textos descritivos e legendas, bilíngues, intensificam a beleza estética da obra e ajudam a formar o juízo crítico das autoridades encarregadas de zelar pela preservação do ambiente.

Assim, lemos no capítulo IV, "Veredas: o ambiente natural degradado":

> Barragens têm sido também construídas nas veredas, apesar das restrições ou impedimentos legais. Estas obras visam, principalmente, o armazenamento de água para a irrigação. Elevando o nível da água nas raízes e caules das espécies florestais situadas ao longo dos canais das veredas, provocam a morte da maior parte das árvores, prejudicando a função de corredor ecológico que a vereda desempenha. Dentre as espécies sensíveis a estas alterações destaca-se a buriti. É cada vez mais difícil dissociar a imagem de obras viárias mal conduzidas e de projetos agropecuários mal orientados, da visão de buritizais mortos, transformados em verdadeiros 'paliteiros' em consequência do barramento de veredas. (p. 208)

O capítulo seguinte, "Veredas: caminhos para a conservação ambiental" cuida das "mudanças de paradigmas relacionadas ao desenvolvimento":

> O processo de destruição do cerrado brasileiro seguramente está relacionado ao modelo de ocupação do território que prevaleceu nos demais biomas brasileiros. Esse processo tem, entre suas características básicas, a necessidade de marcar a posse da terra e a exploração de suas riquezas, no mais curto espaço de tempo. Nesse modelo, o fogo tem sido elemento indispensável no desbravamento das terras e a floresta é entendida como ambiente hostil, que deve ser vencido. A preocupação

com a exploração sustentável, no sentido ecológico do termo, ou seja, de utilizar os recursos ambientais sem comprometer, a longo e médio prazos, os processos ecológicos fundamentais e a biodiversidade, nunca foi preocupação dominante na sociedade brasileira. (p. 226)

De uma forma positiva, o texto menciona a legislação protetora do ambiente e apresenta sugestões para o seu aperfeiçoamento, quer no âmbito da política de créditos financeiros, quer no campo do Imposto Territorial Rura (cf. p. 232).

Quando se fala de Minas Gerais, costumam alguns dividir o Estado em duas partes: as Minas, surto de aventureiros com a febre do ouro e do diamante, que construíram cidades, a vida urbana e a capilaridade social pela primeira vez no Brasil; e os Gerais, território sem fim, por onde se expandiram os emigrantes do ciclo do ouro, as reses, os vaqueiros, a pequena e acomodada agricultura. Diz o diálogo de "A estória de Lélio e Lina" de Guimarães Rosa: "'Será que já é sertão?' – ela queria saber. O Sertão, igual aos Gerais, sobra sempre mais para diante, territórios."[4]

Mas o sertão, tantas vezes nomeado no romance, o Chapadão do Urucuia, "onde tanto o boi berra"[5], se desdobra conforme resmunga Riobaldo, então chefe do diminuto grupo, em cena de pós-orgia, defrontando com Diadorim enciumado: "E o caminho nosso era retornar por essas gerais de Goiás – como lá alguns falam. O retornar para estes gerais de Minas Gerais." (p. 401) Aí temos, portanto, as gerais e os gerais.

Ao sertão físico, mapeado no mundo concreto e inscrito no território da ficção, sucede o sertão (os gerais) da mente, o labirinto da consciência narradora. Na voz de Riobaldo: "Sertão – se diz – o senhor querendo procurar, nunca não encontra. De repente, por si, quando a gente não espera, o sertão vem." (p. 289)

Daí que *Grande sertão: veredas* é, dos nossos romances, o mais próximo do borbulhar da vida, com suas nuances e interpretações de conteúdos múltiplos e simultâneos. O romance de Guimarães Rosa, além do mais, perquire, em metalinguagem, os arcabouços da ficção, sua razão de ser e de encantar.

Ao intuir (etimologicamente: observar atentamente) a experiência humana, desenvolve uma narrativa recheada de aforismos, a formar um adagiário de cunho moral e filosófico. Guimarães Rosa ministra ao leitor rações consideráveis de ditos reflexivos. Deste modo, somos tentados a colecionar os filosofemas. Um deles reza que viver é muito perigoso, em recorrência de *leitmotiv*. O outro consigna que se deve fruir de todas as crenças, já que, se o sertão é uma grande arma, Deus é o gatilho. O Deus inumerável. Quando se deu o julgamento de Zé Bebelo, determinado por Joca Ramiro, ouviram-se várias sentenças; cada qual, a seu modo, lançava os motivos da ética sertaneja. As razões da jagunçada.

No depoimento de Riobaldo, João Goanhá, a quem ele apreciava, quedou-se à espera da palavra final de Joca Ramiro: "só esperava o nada virar coisas" (p. 213). O sertão, no conceito do narrador, tinha o seu lado metafísico. Quase na linha da citação acima lembrada, dissera: "Sertão é isto: o senhor empurra para trás, mas de repente ele volta a rodear o senhor dos lados. Sertão é quando menos se espera; digo." (p. 218)

Deste modo, Guimarães Rosa, após confundir as fronteiras entre o fato e a ficção e explorar as facetas da paisagem oferecida, em pormenorizada pesquisa de campo, entrega-se à criação, apoiado, embora, na tradição filosófica, disfarçada em frases cunhadas ao modo sertanejo.

A meu ver, manifesta-se, no geral, uma indagação gestáltica que atravessa o romance *Grande sertão: veredas*, associada a uma esmerada postura gnóstica. A consciência do narrador se apresenta como um elemento ativo. Portanto, não como um reagente passivo diante dos estímulos e das provocações. Daí que o seu principal atributo seja a intencionalidade, ou seja, o fato de a consciência estar sempre voltada para algo distinto dela mesma.

Sabe-se que a plasticidade da consciência é uma descoberta da Gestalt (psicologia da forma) e também da fenomenologia. Na presença do objeto, temos consciência perceptiva; na ausência do objeto, temos a consciência imaginativa, a imaginação. Se o objeto se posta no passado, a consciência é mnemônica, a memória.

Nessa situação, a inteligência se caracteriza pela capacidade de resolver e até de inventar problemas. O repentino meio de achar solução denomina-se, em inglês, *insight*. Para este se propôs, em português, o neologismo "introvisão", que representa mais do que "perspicácia" ou "discernimento".

A trajetória de Riobaldo, narrada por ele, sujeita-se ora a forças propulsoras, de aventureiro, ora a aspirações frenadoras, sedentaristas, que alimentam o fim-feliz da casa-residência e a aversão à mudança. O espaço vital é considerado dinamicamente como um campo de forças, uma construção infinita. Mas a vivência amorosa, poética, eclode nas pausas.

É o que se deu em Guararavacã do Guaicuí: "Aquele lugar, o ar. Primeiro fiquei sabendo que gostava de Diadorim – de amor, mesmo amor, mal encoberto em amizade." (p. 220)

Pouco depois, o enredo ganha o seu clímax: um mensageiro narra a morte de Joca Ramiro, a cujo grupo pertenciam Riobaldo e Diadorim. Entre os mistérios deste, o de ser "filha" do chefe executado pelos "Hermógenes" e "Ricardões". A narrativa se atropela para o movimento decrescente e se dirige velozmente para a catástrofe, da qual se redime Riobaldo, narrador, ancorado, enfim no mundo estável, casado com Octacília e proprietário de terra.

Afinal, que forças determinam o "herói" do romance, de ação tão empolgante? A que se deve a sua plasticidade, que interfere na linguagem do romance? Até onde operam os desígnios sobrenaturais?

Tudo somado cria o primado da dúvida. O discurso narrativo mergulha no oceano das aporias.

Gnosticismo? Joaquim de Montezuma de Carvalho, no artigo "Desfazendo a intriga de um Jesus gnóstico"[6], recorda-nos a herança milenar dos persas sobre a questão de Deus criador de todas as coisas. Do Bem e do Mal, portanto, problema que atormenta Riobaldo no decorrer do discurso narrativo.

O ensaísta e pensador português, em face da primeira Encíclica do Papa Bento XVI, *Deus é amor* (*Deus caritas est*), reserva-lhe cética análise: "Bem pelo contrário se vê – se tem visto e vemos nós – que o desamor se fortalece e grande, grande é o seu reino" (refere-se, indiretamente, ao império estadunidense). A seu ver, também os persas propalaram o mesmo princípio: Deus é amor. Daí teria criado somente o Bem, tudo o que é bom. Chamavam-no Ahura-Mazda, Senhor da Sabedoria, Supremo Regente do Mundo.

Sacerdotes persas, entre eles Zaratustra (talvez uma das inspirações de Guimarães Rosa), ante a pergunta sobre quem gerou o Mal, davam esta resposta: Angra Mainyu, o Espírito do Mal. Assim, se vê, foram postos dois criadores: o do Bem e o do Mal. A doutrina dualista. Ao homem, criado livre, competiria decidir entre o Bem e o Mal.

Foram os judeus que propuseram a existência de um Deus único, amalgamando, portanto, as duas entidades no criador de tudo, do Bem e do Mal, da luz e da sombra. Joaquim de Montezuma de Carvalho lembra que tal versão já estava em Heráclito, segundo o fragmento 67: "Deus é dia e noite, inverno e verão, guerra e paz, saciedade e fome."

A tese do arguto articulista português: a sugestão do Deus único não trouxe a paz às almas pensantes, nem serenidade às consciências atormentadas pela dúvida.

O gnosticismo se encarregou de fomentar a intranquilidade entre os povos e os diferentes sistemas simultaneamente religiosos e filosóficos, gerando a oposição entre a matéria e o espírito: a guerra entre o Bem e o Mal, entre o corpo e a alma.

A palavra grega *gnósis* corresponde a "conhecimento". Segundo o gnosticismo, o acesso ao conhecimento é dado aos eleitos ou ungidos, criando-se, portanto, a casta dos que sobrepairam ao vulgo.

O gnosticismo teria vindo do século II antes de Cristo, em oposição ao apogeu da cultura helênica (Sócrates, Platão, Aristóteles), que estimularam o conhecimento especulativo, o uso insofrido da razão na busca da verdade. A essa tendência se sobrepôs o saber místico representado pelo médio platonismo e o gnosticismo, tão expansivos nos séculos II e III da era cristã.

Daí a hipótese do Deus Superior (o Sumo Espírito do Universo) e do Deus Inferior, o Demiurgo, responsável pela criação da matéria e dos atributos negativos. O homem, para libertar-se da prisão do corpo (matéria) e dialogar com o Deus Supremo, precisaria da redenção. Com a morte do corpo, o espírito adejaria rumo a Deus e à eternidade.

O mundo material, deste modo, é associado, tal como no maniqueísmo, ao Mal, embora o elemento espiritual leve alguns homens a um estado mais elevado. Segundo certa corrente gnóstica, Cristo nunca esteve de fato no corpo, nem poderia morrer, estando, em vez disso, remotamente relacionado com o que apareceu aos discípulos. O médio platonismo desenvolveu a concepção de uma *aurea cadena* secreta, que liga as doutrinas e a cosmologia escondida aos iniciados.

Friedrich Nietzsche, valorizador da vontade e cético acerca das noções de fato e verdade, alimenta, de certa forma, o esteticismo da modernidade, no qual o mundo é visto como um "texto". Negam-se os fatos e as essências e valorizam-se as interpretações. O "eu" se fragmenta e a razão é desvalorizada. Tudo isso, coincidentemente, tem a ver com o prolongado discurso de Riobaldo, labiríntico, indagativo, simbólico e poético, cheio de aforismos, versos, diálogos, ironias e paródias. Como assinala o narrador de *Grande sertão: veredas*: "Mas a natureza da gente é muito segundas-e-sábados." (p. 139)

A verdade é sempre um peixe arisco:

> Urucuiano conversa com o peixe para vir no anzol – o povo diz. Lérias. Como contam também que nos Gerais goianos se salga o de-comer com suor de cavalo... Sei lá, sei? Um lugar conhece outro é por calúnias e falsos levantados; as pessoas também, nesta vida. (p. 375)

Em dado momento, Riobaldo retorna a seu tema preferido: "O sertão não tem janelas nem portas. E a regra é assim: ou o senhor bendito governa o sertão, ou o sertão maldito nos governa..." (p. 374) A dicotomia entre o espírito e a matéria.

No campo da fé, da religião, o depoimento é igualmente vago:

> Eu cá, não perco ocasião de religião. Aproveito de todas. Bebo água de todo rio... Uma só, para mim é pouca, talvez não me chegue. Rezo cristão, católico, embrenho a certo; e aceito as preces de Compadre Meu Quelemém, doutrina de Cardéque. Mas, quando posso, vou no Mindubim, onde um Matias é crente metodista; a gente se acusa de pecador, lê alto a Bíblia, e ora, cantando hinos belos deles. [...] Eu queria rezar – o tempo todo. Muita gente não me aprova, acham que lei de Deus é privilégios, invariável. (p. 15)

Tem-se agora o Deus instituído, monetariável. É o caso da pergunta que faz a Diadorim: "– E Deus, Diadorim? – uma hora eu perguntei. Ele me olhou, com silenciozinho todo natural, daí disse, em resposta – "Joca Ramiro deu cinco contos de réis para o padre vigário de Espinosa..." (p. 132).

Por aí é que se nota que são múltiplos os caminhos do sertão, dos Gerais, de Minas e da mente. Por todos eles transitou a fala de Riobaldo.

Minas? Curiosamente, numa das cartas de Curt Meyer-Clason a Guimarães Rosa, o tradutor expõe que um dos eruditos auxiliares no desvendamento de sentidos de trechos, frases, expressões e palavras do escritor de Cordisburgo, Mário Calábria, alvitrou a hipótese de que os mineiros poderiam entender melhor o idioma de *Grande sertão: veredas*. Vejamos o contexto, reproduzindo parte da carta:

O seu livro é mais difícil de se ler e minha versão mais fácil. Em todo caso usei todos os meios para conseguir criar uma linguagem fácil de se ler que não confundisse o leitor, nem o sobrecarregasse com enigmas e dificuldades, mas que o arrebatasse até a última palavra. Com plena consciência deste fato ocorreu que, segundo Mário Calábria, o original é acessível apenas a dois grupos de leitores. De um lado, o habitante de Minas Gerais que compreende intuitivamente a linguagem do sertão, de outro, a pessoa realmente culta, mas apenas com o auxílio de um léxico.[7]

Não nos parece inteiramente assim. A bibliografia sobre o autor atesta esforços interpretativos de vários recantos do planeta e de várias províncias do Brasil. Quanto à leitura e compreensão da obra, guardam o mesmo registro. Não há sinal de que Guimarães Rosa seja mais lido entre os mineiros ou entre os mais conhecedores da Literatura.

Na mesma carta, de 22 de janeiro de 1964, Curt Meyer-Clason procura ministrar um diferencial intrínseco entre as línguas alemã e a portuguesa. Aquela seria mais próxima da musicalidade das palavras; esta, da plasticidade e da visualidade. Vejamos:

[...] a minha língua – como Rogério Corção certa vez me deu a entender – é mais fonética, portanto, musicalmente fundamentada, que visual, plástica, ainda que eu tenha feito tudo para satisfazer a grandiosa plasticidade de seus personagens, sua paisagem, seu mundo vegetal e animal, sem esquecer o seu pensamento e a sua dialética existencial. Portanto, se a minha versão – apesar de muitas falhas – tem méritos, estes poderão ser reconhecidos sobretudo mediante uma leitura em voz alta. (p. 151)

O final desse depoimento nos remete às tentativas de linguistas e de intérpretes da obra de Guimarães Rosa no sentido de associar a prosa multifacetada do ficcionista à oralidade reinante nos sertões mineiros.

Em capítulo passado, notamos, no relato de Riobaldo, a ocorrência das Gerais de Goiás e dos Gerais de Minas Gerais. A propósito: Bernardo Élis testemunha a existência do sertão goiano no título de uma das suas obras: *Ermos e Gerais* (1944).

Curt Meyer-Clason, ao enumerar as razões pelas quais o texto alemão de *Grande sertão: veredas* é inferior ao texto português, lança mão, na segunda das três razões, da comparação do comportamento, entre os dois povos, diante da prática do futebol: "O Senhor alguma vez já viu um centro-avante alemão dar uma 'bicicleta'? Se eu ousasse dar as mesmas bicicletas e gingados linguísticos e as mesmas piruetas sintáticas como Rosa, eu cairia com o traseiro no chão." (p. 150)

O que fica em evidência, entretanto, é que, além dos atributos do linguajar sertanejo de Minas, deve-se considerar a grande força do idioma literário construído por Guimarães Rosa, a pretexto de narrar as estórias que engendrou, ambientadas no Grande Sertão.

Da antologia de Guimarães Rosa organizada por Paulo Rónai, com o título *Seleta de Guimarães Rosa*[8], consta o capítulo "Minas Gerais", recolhido de *Ave, palavra* (obra póstuma, 1970). Na apresentação do texto, Paulo Rónai observa que este poderia constituir verbete de uma inexistente Enciclopédia do Coração. Citando nosso trabalho da época, escreve:

Segundo Fábio Lucas, seu conterrâneo, "é um dos melhores trabalhos de observação da paisagem e da gente mineira, um esforço de conhecedor seguro da ondulante fisionomia do mineiro. É o conhecimento agudo pela lei do afeto, muitas vezes a ciência do inenarrável" (p. 139).

Já então lidávamos com a noção do poético segundo uma tradição grega que o define como linguagem do indizível. Ao comentarmos, anos depois, os poemas de *Magma*[9], a cujo primeiro acesso devêramos à leitura da tese de Hygia Therezinha Calmon Ferreira, *Guimarães Rosa: As sete sereias do longe*, insistimos na qualidade lírica inerente a toda a produção do autor, inclusive em sua prosa, dados o inefável da linguagem e a magnitude do caráter evocativo de inúmeros trechos.

"Minas Gerais" busca descrever os aspectos físicos, geológicos, fisiognômicos do Estado, bem como os contornos biológicos, psíquicos e fisionômicos dos habitantes. Daí falar ora dos acidentes geográficos, ora do mineiro na sua individualidade. Diz Guimarães Rosa a certo momento: "pois Minas é muitas. São, pelo menos, várias Minas".

Como se definiria o "mineiro"? Lá pelas tantas, obtempera Guimarães Rosa:

> Sua feição pensativa e parca, a seriedade e interiorização que a montanha induz – compartimentadora, distanciadora, isolante, dificultosa. Seu gosto do dinheiro em abstrato. Sua desconfiança e cautela [...] o permanente perigo, àquela gente vigiadíssima, que cedo teve de aprender a esconder-se. Sua honesta astúcia meandrosa, de regato serrano, de mestres da resistência passiva. (p. 141)

Prossigamos na sequência de atributos engendrados pelo escritor mineiro... "Sua carta de menos. Seu fio de cabelo. Sua arte de firmeza". Mineiro? "Sabe que 'agitar-se não é agir'." "Desconhece castas. Não tolera tiranias. Sabe descolar-se para fora delas." Mais adiante: "Não tem audácias visíveis. Tem a memória longa. Ele escorrega para cima." (p. 142-3) Impressiona, na mitografia dos qualificativos das várias Minas, o jogo retórico entre a determinação e a indeterminação. O ritmo da frase e a natureza do desvio conceitual quase sempre surpreendem o leitor. Se Guimarães Rosa dissesse simplesmente que o mineiro "escorrega", teria formulado uma noção depreciativa, como se insinuasse que o montanhês vivesse em cima do muro, indeciso, à espera da primeira oportunidade. Mas a cláusula determinante "para cima" acusa uma intencionalidade que projeta o mineiro no campo da decisão afirmativa e progressista. Como especula Guimarães Rosa: "Mas, sendo a vez, sendo a hora, Minas entende, atende, toma tento, avança, peleja e faz." (p. 144)

Notas

1. Cf. GRANATO, Fernando. *Nas trilhas do Rosa: Uma viagem pelos caminhos de 'Grande sertão: veredas'*. São Paulo, Scritta, 1996.
2. CORRÊA, Marcos Sá. "Grande sertão do parque é bem menor que o do livro". In *O Estado de S. Paulo*, 1º de junho de 2006, p. A-18.
3. Cf. BOAVENTURA, Ricardo Soares, et al. *Vereda: berço das águas*. Belo Horizonte, Ecodinâmica, 2007.
4. Cf. "No Urubuquaquá, no Pinhém", *Corpo de baile*, 3. ed., Rio de Janeiro, Livraria José Olympio Editora, 1965, p. 140.
5. Cf. *Grande sertão: veredas*, p. 58, 288, etc.
6. Cf. CARVALHO, Joaquim de Montezuma. "Desfazendo a intriga de um Jesus gnóstico". In "Das artes das letras", Suplemento literário de *O Primeiro de Janeiro*, Porto, Portugal, 15/05/2006, pp. 4-6.
7. Cf. BUSSOLOTTI, Maria Apparecida Faria Marcondes (ed., org. e notas). *João Guimarães Rosa – Correspondência com seu tradutor alemão Curt Meyer-Clason (1958-1967)*. Trad. Erlon José Paschoal. Belo Horizonte-Rio de Janeiro, Ed. UFMG/Nova Fronteira, 2003, p. 150.
8. Cf. RÓNAI, Paulo (org.). *Seleta de Guimarães Rosa*. Coleção Brasil Moço, vol. 10, Rio de Janeiro, Livraria José Olympio Editora, 1973.
9. Cf. GUIMARÃES ROSA, João. *Magma*. Rio de Janeiro, Nova Fronteira, 1997.

Guimarães Rosa *versus* Machado de Assis

Até então, tínhamos Machado de Assis como o patrono das letras brasileiras. O escritor-símbolo da nossa Literatura. Pois as notas de Guimarães Rosa, assentadas em caderno escrito em Hamburgo, quando o diplomata-ficcionista acabara de ler as *Memórias póstumas de Brás Cubas*, aos 31 anos de idade, dizem:

M. de A. usa de construção primária. [...] Não pretendo ler mais Machado de Assis. [...] Acho-o antipático de estilo, cheio de atitudes para embasbacar o indígena; lança mão de artifícios baratos, querendo forçar a nota de originalidade; anda sempre no mesmo trote pernóstico, o que torna tediosa sua leitura. [...] Quanto às ideias, nada mais do que uma desoladora dissecação do egoísmo, e, o que é pior, da mais desprezível forma de egoísmo: o egoísmo dos introvertidos inteligentes. Bem, basta, chega de Machado de Assis.

Carlos Heitor Cony conta, em artigo de onde tiramos as citações[1], que Guimarães Rosa mais tarde refez seus conceitos. Machado de Assis serve-se muito da herança vernácula, clássica, de Portugal, embora tenha manifestado respeito pela faceta contestadora de José de Alencar no tocante ao uso da língua portuguesa.

Aliás, Mário de Andrade, continuador de José de Alencar na busca de um estilo brasileiro de uso da língua portuguesa, produziu reticente estudo acerca da obra de Machado de Assis. Mas ambos, Machado e Alencar, de certo modo, juntos, dão início ao vernaculismo da prosa de ficção brasileira.

Já Guimarães Rosa propôs outra mina, outra exploração do idioma para fins literários, estéticos. Quis romper com os hábitos de escrever dos mestres europeus, que tanta luz jogaram e jogam em nossos melhores ficcionistas. Investigou a fala sertaneja e seus valores atávicos, repletos de arcaísmo, para contrapor-se ao linguajar urbano, "civilizado", enfraquecido pela repetição, a servir de suporte para a crônica urbana de costumes ou para a ação dramática constantes de nossos melhores autores, aqueles que, como ele, ousaram mergulhar nas correntes mais profundas da alma humana. Guimarães Rosa propôs a literatura fora, distante pelo menos, da gramática, num "adeus" não de todo definitivo ao eurocentrismo. Impôs um marco em nossa história da literatura. Entretanto, outorgou o seu aval à concepção cíclica das experiências no reino das letras, desviando um curso que já se avolumava.

Nota

1. Cf. CONY, Carlos Heitor. "Rosa e Machado", *Folha de S. Paulo*, 20 de maio de 2006.

Parte 2   As recepções e desdobramentos de Guimarães Rosa

Reproduziremos, a seguir, textos com que viemos acompanhando a obra de Guimarães Rosa. Servem como testemunho de leituras e apreciações referidas nas avaliações anteriores. Matérias polêmicas e novas especulações. Disjunções e parentescos não devidamente explorados, como Clarice Lispector, Aquilino Ribeiro e Euclides da Cunha.

Guimarães Rosa, de passagem[1]

APROXIMAÇÃO COM AQUILINO RIBEIRO (NOVEMBRO DE 1958)

Não vi ainda fazer-se a aproximação da obra de Guimarães Rosa à de Aquilino Ribeiro. No entanto, há em ambas alguns pontos de contato nada desprezíveis. A complexa riqueza da linguagem, a autenticidade do regionalismo, a combinação do clássico ao popular, a imaginação candente são constantes de uma e de outra. É bem verdade que, com Guimarães Rosa, essas constantes foram levadas a grau extremo e somadas a um tom de epopeia que lhes conferiu singular grandeza.

Para quem lê, em *Estrada de Santiago*, publicado em 1922, o célebre conto "O Malhadinhas", de Aquilino Ribeiro, fica a impressão de se ter ali um precursor do nosso romancista de *Grande sertão: veredas*.

Eis alguns exemplos da fraseologia do escritor português: "O que fosse soaria, a cachopa já era mais minha que de ninguém, e, quando chega a data, assente no livro de Deus"; "nisso a minha folha de Albacete era escrupulosa como a espada daquele capitão-mor de Pêra e Peva, que nunca saía da bainha sem causa nem entrava na bainha sem honra"; "o ofício de galhudo, o maior galhudo que a rosa do sol cobria, é que o tornava azedo e maldizente". Assim por diante.[2]

PERANTE A CRÍTICA OFICIAL (SETEMBRO DE 1959)

A obra de Guimarães Rosa representa, a par de seu valor intrínseco, uma conquista a mais: a libertação do espírito para experiências novas. Isso não é simplesmente uma frase, tem sua significação literária e sociológica. Até agora, tínhamos o hábito de aderir com docilidade ao pensamento metropolitano, convictos de sua atualidade e perfeição. O mecanismo dessa relação sempre funcionou segundo a regra: se não estás conosco, não existes! Assim, tudo se encaminhava para a fixação de quadros rígidos: de um lado permanecia o autêntico; do outro lado ficava o exótico. A metrópole era a guarda do pensamento original e a província o domicílio do pensamento subalterno. Se este se harmonizasse com aquele, tinha-lhe as homenagens, podia matricular-se na ordem-maior, promover-se à curiosidade geral. Se mantivesse, em caráter de rebeldia, uma formulação autóctone, era lançado no rol das esquisitices. Provincianismo e nada mais.

Ora, o espírito de imitação, a força da publicidade, o desejo do reconhecimento universal faziam com que o escritor das zonas periféricas observasse com mais rigor e cuidado as regras de composição literária vigentes na metrópole. O arcadismo, para citar um exemplo, era entre nós muito mais exato na observância dos preceitos arcádicos do que o próprio arcadismo português.

Isso é verdadeiro na relação de país dominante com nação dominada; da metrópole com as províncias; da capital com o interior. É como que uma lei universal. O pensamento dominante oficializa-se, irradia a moda, investe-se de intérprete do sentimento nacional. Se o pensamento periférico não se deixa plasmar, tanto pior: sobre ele cai o escárnio, a risota, ou mesmo o desprezo e o indiferentismo.

Pois bem: a libertação das áreas periféricas só se manifesta quando elas assumem um projeto autônomo, particular e próprio. A coragem de realizar um produto de emanação local, de enfrentar o risco de uma autoelaboração, marca a autonomia espiritual dessas áreas. Na literatura regional, o que acontecia até Guimarães Rosa era o mimetismo das zonas periféricas em relação à metrópole. Esta é que sancionava o êxito ou o fracasso das experiências locais. O escritor regional bastava-se com o aproveitamento da matéria humana circundante, mas, em tudo por tudo, procurava manter-se fiel às regras de composição ditadas pelo pensamento metropolitano.

Os escritores regionalistas, os intérpretes do sertão, não tinham coragem de alterar a matriz formal, de romper com as escolas e com os modismos em vigor. Assim, o regionalismo da época romântica era, literalmente, um regionalismo romântico; o regionalismo da época do naturalismo procurava mostrar-se naturalista; e assim por diante.

Com o autor de *Grande sertão: veredas*, tivemos procedimento diverso: o modelo regional impôs-se ao pensamento metropolitano. Guimarães Rosa afrontou os hábitos, os padrões do gosto literário vigente, com um modelo que não tinha nenhuma contribuição da matriz dominante. Daí, a reação de certos setores da crítica que tentam repudiar sua experiência, marginalizá-la, torná-la um exotismo como qualquer outro. Mas aí é que está a questão: essa técnica, esse mecanismo que funcionava tão bem com os escritores subalternos, os romancistas que iam bater à metrópole para a sanção de suas experiências, não deu certo desta vez. Guimarães Rosa não ficou como uma esquisitice a mais das áreas periféricas, não é um regionalista comum. Nele não pegou a eiva do provincianismo. Não é escritor caboclo; sua obra não é rústica, não é fruto do artesanato grosso das classes incultas. O modelo com que se apresentou à metrópole é mais complexo do que os próprios modelos emanados desta. Pela primeira vez, portanto, tivemos o nascimento de sua fórmula fora dos quadros da literatura oficial. Um modelo que se impôs, sem cortejar os padrões existentes. Expressa a afirmação de uma autonomia, a libertação do espírito para aventuras extraoficiais.

Aproximação com Jorge de Lima (10 de fevereiro de 1962)

Tomou especial impulso em nosso tempo a crítica comparativa, interessada em aproximar pessoas, correntes, escolas, regiões, estilos de épocas. Há um fio que liga as manifestações culminantes da cultura em cada período da história humana. Por vezes, um desvio misterioso une remotíssimos antepassados a contemporâneos de nossos dias: os inexplicáveis acasos, as ideias coincidentes de pessoas que gravitaram em órbitas distantes e estranhas no tempo e no espaço. Não raro o mais comum dos leitores surpreende-se com descobertas e achados dessa natureza, tão próximos se apresentam os pensamentos alheios.

A crítica literária, por mais metódica que pretenda ser, é presa constante de perplexidades. Frequentemente se vê surpreendida pelos casos de exceção, escritores que escapam inteiramente aos apriorismos da análise dogmática. E as incoerências da própria crítica? Há fartos exemplos.

Quando Jorge de Lima publicou *Invenção de Orfeu*, uma das últimas obras de sua vida, poema enorme surpreendentemente novo e ousado, choveram hipóteses, dividiram-se as opiniões acerca do tão inesperado prodígio poético. A corrente predominante fixou-se na consideração do poema como obra eminentemente barroca, aspecto já assinalado por João Gaspar Simões no prefácio à primeira edição. Murilo Mendes, que batizara o trabalho com o seu título definitivo – *Invenção de Orfeu* – teve a intuição das dificuldades da crítica ao escrever: "O trabalho de exegese do livro terá que ser lentamente feito, através dos anos, por equipes de críticos que o abordem com um frio aparelhamento erudito." Ao que foi secundado por João Gaspar Simões: "Será preciso esperar que os anos passem e que sucessivas gerações de críticos se debrucem sobre a fábrica imensa deste imenso poema para, finalmente, se obter uma rigorosa exegese do mistério que o envolve." Como quer que seja, foi lembrado o estilo criado por Borromini para qualificar o poema de Jorge de Lima, e exigia-se uma equipe de críticos para fazer-lhe a estimativa estética. O barroco revela a tendência de encerrar o espaço infinito, numa efusão de forma que leva o espectador à contemplação e ao êxtase. É a corrente do irrestrito e da profusão formal.

Pois bem: *Invenção de Orfeu* é de 1952. Em 1956, Guimarães Rosa iria desnortear a crítica com o romance *Grande sertão: veredas*. Alguns escritores preferiram simplesmente negar a obra, tachando-a de incompreensível. Outros analisaram-na superficialmente, a fim de não passar recibo de incompetência. Muitos lembraram a fórmula salvadora: estilo barroco! Assim Jorge de Lima e Guimarães Rosa, pondo em ação poderes verbais inéditos em nossa língua, eram atirados na vala comum do barroco – palavrinha que parece ter entrado no francês através do português, primitivamente designativa de "pérola irregular", passando por extensão a indicar qualquer irregularidade ou extravagância (cf. Dauzat, Clédat, Aulete, Antenor Nascentes e outros).

Alguns leitores e escritores modernos, filiados a modelos clássicos e mesmo acadêmicos, portadores de uma concepção linear e simplista da elaboração literária, detestam esse "barroquismo" e não compreendem como se pode gostar de obras tão confusas, tão ofensivas dos preceitos eternos. Empregam o termo "barroco" com a mesma significação que lhes davam os críticos do século XVIII: depreciativamente. Eis o que nos informa Otto Maria Carpeaux em sua suntuosa *História da Literatura Ocidental*, barroca em sua riqueza de informações literárias: "O termo *Barroco* é a expressão usada pelos críticos das artes plásticas do século XVIII para desacreditar as obras que não obedeceram aos cânones ideais da Antiguidade clássica e da alta Renascença." Em *Invenção de Orfeu* foram apontadas reminiscências de vários autores clássicos, a épica e a lírica antigas, Camões, Góngora, Dante e a Bíblia especialmente. Parece que Jorge de Lima resolveu mobilizar todas as suas emoções numa só obra. Por isso, *Invenção de Orfeu* refere-se aos grandes temas da poesia e da prosa do escritor alagoano, além de exprimir os resíduos de suas leituras e impressões artísticas. Assim, o livro sintetiza a experiência vital e a formação literária do autor. O que ele introverteu nos contatos afetivos com os homens e a natureza, bem como aquilo que das leituras lhe ficou da vivência alheia foram agitados, num ímpeto de forte inspiração poética, formando extensa camada sobrenadante que alimentou a vertiginosa capacidade criadora dos seus últimos anos de vida. Daí a soma de essência e artifício da obra, que não perde ainda a atmosfera mágica e misteriosa de *Anunciação e Encontro de Mira-Celi*, livro religioso, apocalíptico e, por isso mesmo, terrivelmente esotérico.

Para a interpretação de *Grande sertão: veredas* foram igualmente lembrados os clássicos, os épicos, a rapsódia, os cantos medievais, o drama fáustico etc. O problema religioso atormenta o poeta e o romancista. O primeiro entregou-se à revelação de Deus e o segundo procurou surpreender as trilhas do Diabo. Dividiram-se com igual fervor, na sua voracidade de emoções e de leituras, entre a ascese e a magia, a Igreja triunfante e a combatente, obcecados pelos problemas do Bem e do Mal. Ambos religiosos e barrocos; irregulares, extravagantes, exagerados...

Barrocas ou não (maneiristas ou não, no sentido de observarem emoção clássica e expressão barroca, sibilina distinção...), o certo é que *Invenção de Orfeu* e *Grande sertão: veredas*, uma na poesia, outra na prosa, apresentam alguns traços comuns. Anima-as o mesmo espírito altamente construtivo e parabólico, a mesma irrestrição verbal, coberta de mistério e sombras. O esforço de decifrá-las tem desesperado inúmeros críticos. Mas a crítica comparativa desapareceu diante do trabalho que exige identificar os pontos de contato das duas grandes obras. João Gaspar Simões, ao tratar de *Invenção de Orfeu*, definiu o poema como "floresta de imagens, de metáforas, de símbolos, de mitos, de ritos, de formas, de seres, de coisas que em comum se associam". Se hoje alguém dissesse o mesmo de *Grande sertão: veredas* não erraria. Aplicam-se a esta obra muitos dos giros fraseológicos e saídas encontradas pelos críticos do poema de Jorge de Lima. Os livros podem ter sido inovadores, mas a crítica parece que não.

Notas

1. Texto originalmente publicado em *Horizontes da crítica*, Belo Horizonte, Edições MP (Movimento-Perspectiva), 1965, pp. 126-34.
2. Ver adiante reprodução do trabalho de Antônio F. Fornazaro, apresentado em abril de 1976, como aluno do curso oferecido por Fábio Lucas, em Bloomington, Indiana, no Departamento de Espanhol e Português da Universidade de Indiana.

O *malhadinhas* de Aquilino Ribeiro e *Grande sertão: veredas* de Guimarães Rosa: pontos de contato

Antônio F. Fornazaro

A grande literatura costuma alimentar-se também de literatura. O que não a deslustra, nem vilifica; ao contrário, enriquece-a de novas dimensões, tanto mais numerosas quantas forem as fontes adequadamente utilizadas pelo artista na elaboração de sua obra. Originalidade não deve confundir-se com criação a partir do nada; antes, quer dizer transfiguração de diversos materiais de base, sua harmonização num fluxo coerente e totalizante, perpassado pelo sopro da individualidade inconfundível do criador.

É o caso do *Grande sertão* de Guimarães Rosa. Abebera-se de enorme soma de criações do espírito humano expressas pela palavra, e com elas levanta sua individualidade monumental.

Entre essas criações parece poder incluir-se *O Malhadinhas*, de Aquilino Ribeiro, com o qual *Grande sertão* tem aparente parentesco. Por enquanto permanecemos no *parece* e no *aparente*, à falta de tempo e de outras condições para uma análise mais aprofundada da questão, lembrando-nos das formidáveis diferenças que existem entre os dois livros – de estrutura, extensão, densidade, estilo, temática etc.

Abaixo, contudo, alistamos alguns pontos de contacto entre ambos, à guisa de sugestão para um estudo a ser empreendido posteriormente:

A) A oralidade do relato. Ambas as obras são fictícias transcrições da fala de uma personagem a recordar-se da vida pregressa. Ambas, em graus diferentes, procuram reproduzir as peculiaridades dessa fala, Aquilino supostamente simplificando-a:

Reproduzir a linguagem dum rústico, já não digo com fidelidade, mas artifício, redundaria num árduo e incompensável lavor literário. O que se cometeu foi filtrá-la, mais na substância do que na forma, com o cuidado, por conseguinte, de poupar ao oiro verbal as suas pepitas preciosas.[1]

Guimarães Rosa, trabalhando-a e enriquecendo-a infinitamente através do próprio "lavor literário" a que Aquilino alegava furtar-se. Mas a base oral, eivada de peculiaridades regionalistas – no caso de *Grande sertão* transformadas e ampliadas de mil e um modos –, é a mesma nos dois livros. Nos dois a fala é monologal: de razoável extensão em *O Malhadinhas*, extensíssima no Grande Sertão. Dirige-se o almocreve português a um grupo de ouvintes não opinantes, o autor supostamente incluído entre eles ("*O Malhadinhas* desbocava-se a desfiar a sua crônica perante escrivães da vida e manatas, e eu tinha a impressão de ouvir a gesta bárbara e forte dum Portugal que morreu", segundo aparece à p. 25), ao passo que Riobaldo Tatarana se dirige a um interlocutor, amiúde solicitado pelo narrador a opinar sobre o conteúdo do relato. Este é um detalhe importante, pois tem a ver com a relativa simplicidade e segurança de mente e julgamentos do primeiro herói *versus* a vastíssima complexidade e incerteza que caracterizam o espírito do segundo.

B) A reconstituição do passado. Ambos os relatos tentam recriar o passado: no caso de Malhadinhas, pelo prazer da própria recriação pública dos fatos cometidos; no caso de Riobaldo, como meio de entender e iluminar o massivo fluxo de eventos e não eventos e os atos cometidos e sofridos.

Notar que nos dois casos a recriação se dá da perspectiva segura de uma velhice acomodada e exteriormente confortável. O tom do almocreve de Barrelas, ao empreendê-la, é saudosista; quanto ao antigo jagunço de Minas, parte de suas lembranças é dolorosa demais para permitir-lhe nostalgia.

Noutro plano, ocorre também nas duas obras a recriação de um passado mítico – e são revividos o cavaleiro andante, as pelejas em que se engajava, as donzelas castelãs, os valores éticos e religiosos da Idade Média, e assim por diante. Este é um plano mais sutil, em que age o criador em vez do narrador, pois este não tem consciência de estar revivendo em seu reconto (e antes em suas ações) o passado coletivo mítico.

C) Deus e o Diabo. O conflito entre o Bem e o Mal, um dos temas nucleares de *Grande sertão*, também está presente em *O Malhadinhas*. É muito mais elementar e difuso nesta obra que naquela, evidentemente: o almocreve é incapaz das profundidades de um Riobaldo, mas à sua moda primitiva também se preocupa com esta questão vital e a todo momento a traz para o raconto, atribuindo a Deus e ao Diabo a causação de seus comportamentos.

Sua reflexão é primitiva e racionalizante, mas tem momentos de sofisticação. Vejamos o trecho abaixo:

[...] me falava ao entendimento o Diabo de rabo pelado, com licença dos macacos. E isto me leva a supor que, se em verdade a alma é treva e o Diabo é o rei das trevas, rei das almas se lhe pode chamar – salvo seja a heresia, que tudo serei menos judeu. (p. 23)

E os seguintes, ilustrativos do conflito/ambiguidade básico:

[...] fiquei varado, em brasas, as brasas que Deus e o Diabo acendem no peito dum cristão, para o experimentar. (p. 59)
[...] viandantes de saquitel ao ombro, passo largo, na sua rotina com Deus ou o Diabo. (p. 160)
Tinha o demônio a chocalhar-me os miolos [...]. Se me passa a canifrecha para as unhas, com o delírio que me tomara e o Diabo à travesseira, era milagre se não estivesse hoje viúvo. (p. 80)

Não raro o diabo é identificado com seus inimigos ou com forças antagônicas. Esta é uma parte de um relato do encontro de Malhadinhas com seu inimigo, o Tenente da Cruz:

O homem deita-me o rabo do olho.
'Hum! – funguei eu – o Diabo feito ermitão'. (p. 147)

Após o incidente da perseguição pela alcateia, Frei Joaquim das Sete Dores dá-lhe duas relíquias, recomendando-lhe: "Trá-los ao pescoço e verás que nunca mais entra contigo o Porco-Sujo, nem nas jornadas tens maus encontros." (p. 111)

Malhadinhas não celebra pacto com o Diabo como Riobaldo, mas sua valentia leva a populaça das aldeias a afirmar que celebrou: "Ouvi-lhes dizer que eu devia ter pacto com Diabo e deixaram-me" (p. 129), conta a respeito de uma surra que deixou de levar de um punhado de valentes uma vez.

Nem sempre se materializa a luta entre as polaridades Bem/Mal, luz/trevas, Deus/o Diabo. Deus e o Diabo frequentemente convivem no íntimo de Malhadinhas. Deus é seu amigo, mas o Diabo também não se despreza... E às vezes Deus toma o lugar do Diabo, e o Mal passa a ser Bem. Lembremo-nos do hilariante relato do assassinato de Bentinho barbeiro, que lhe seduzira a neta Luiza: "A minha vontade seria de vingar-me do sedutor cristãmente, santamente, se possível

com a faca benzida pelo Padre Santo de Roma. Fiz o que pude." (p. 149-50)
D) A culpa e a penitência. Malhadinhas é mais primitivo que Tatarana, e cínico. No entanto, difusamente, tem a noção de que seus atos de violência pregressa (e aqui, outro ponto de encontro: a violência) podem custar-lhe a alma. Também reza muito, em busca do perdão e salvação:

> Pois ando compondo o bem-d'alma e quem me queira encontrar vá à igreja, suba até o altar-mor, e onde vir um homem dobrado dois degraus abaixo do oficiante a bater no peito e a chorar os seus pecados e os do mundo, sou eu. Lá sou certo em ofícios e novenas e, à santa missa se falho, é quando o sino que está rachado se não faz ouvir das minhas orelhas que andam surdas. Assim conto alcançar o céu. (p. 151)

O peso de sua consciência recebe reforço exterior. Um certo Bisagra diz, e Malhadinhas ouve: "O ladrão anda a ver se engana Cristo com as penitências cá da Terra para lá em riba lhe perdoarem as mortes que tem às costas." (p. 152) O almocreve se defende com respostas prontas e língua afiada. Racionaliza: "Que fiz eu, Albino? Arranhaduras. Mais fez São Pedro, que cortou a orelha ao capitão, e é um dos pilares da Igreja e chaveiro do céu." (p. 152) Mas segue rezando e se entregando às penitências que, como Riobaldo Tatarana, também ele tem um fardo pesado de culpas às costas, e o poço imenso e escuro da perdição ameaça sorvê-lo.

Os pontos de contato acima – que podem desdobrar-se em um punhado de outros – cremos indicam que O Malhadinhas e Grande sertão têm mais em comum que o uso do vocábulo "nonada" nos seus umbrais. Mesmo levando em conta as enormes divergências entre um e outro, acreditamos, o livro de Aquilino foi uma das fontes inspiradoras do mestre mineiro. O parentesco entre Riobaldo e Malhadinhas, seu provável ancestral, quando provado – e cremos poderá sê-lo sem grandes dificuldades –, não deixará de ser honroso – para o almocreve de Barrelas, ao menos.

Nota

1. RIBEIRO, Aquilino. *O Malhadinhas*. Mina de Diamantes, Lisboa, Livraria Bertrand, 1958, p. 11.

Ainda as palavras: Guimarães Rosa[1]

Depois de *Estas estórias*[2], coletânea de narrativas, outra obra póstuma de Guimarães Rosa é *Ave, palavra*[3], ambas editadas sob a criteriosa orientação de Paulo Rónai. A definição do autor para o esboço de coleção que deixou foi "miscelânea", talvez para designar um conjunto heterogêneo de composições: relato de viagens, poemas, retratos de pessoas, de animais, de cenários e de coisas, pequenos ensaios, meros instantes líricos, enfim, mais um capítulo de uma tenaz aventura no reino das palavras.

Para os que se acostumaram com o seu verbo, tudo é espantoso na obra de Guimarães Rosa. É que ele instaurou uma nova cordilheira de mitos, alargou os espaços de nosso campo literário, ultrapassou os gêneros e os estilos, rompeu os limites do costumeiro repertório linguístico, ampliou a voz e o sentido das palavras, deu nova combinação aos signos. Mais do que nenhum outro escritor brasileiro, ele encarna o mago latino-americano, o manipulador de símbolos e argonauta do desconhecido que, dizem, se opõe à mente lógica e pragmática do Ocidente.

Por esse ângulo é que devemos considerar o grande escritor: o explorador da face oculta das coisas. A contingência dos seus dias, a transparência da vida e da obra, seu engajamento no mecanismo social temporário e perecível talvez nada possam ensinar de edificante ou exemplar, especialmente para os que pedem justiça dos homens, não dos deuses. Mas do lado do conhecimento da natureza oculta do homem, da gênese das formas líricas, daí, sim, deste campo de mergulho e de sondagem é que lega à humanidade uma nova iluminação, singular e original como poucos, pouquíssimos.

A magnitude de Guimarães Rosa é tal, no campo da manifestação suprarreal e polissêmica dos jogos literários, que nada podemos desprezar do que fez e deixou. Daí *Ave, palavra* ser mais uma fonte e um desafio para a visão crítica. "O polvo tem vários corações", escreveu ao final de "Aquário" (p. 169). Também seu último livro, multicelulado. A vida literária do grande prosador-poeta foi um interminável processo de criação e, assim sendo, a sua obra constitui um vasto território de experiências para o leitor, um potencial inextinguível. Para usar uma imagem dele: "Depois da vida, o que há, é mais vida..." (p. 121). Poderíamos organizar todo um ideário a partir de sentenças concisas – filosóficas e poéticas – com que Guimarães Rosa cria áreas de tensões nos diversos escritos aglutinados em *Ave, palavra*. Que o seu mundo não era o lógico, sempre o disse e muitas vezes. Exemplo: "O pensamento é um fútil pássaro. Toda razão é medíocre." (p. 28). Do duelo vida x morte sempre extraiu os seus mais profundos conceitos, concentrando a reflexão sobre o polo mais misterioso e impenetrável: "Quem morre, morreu mesmo? A morte é maior que a lógica." (p. 120) Se a esfera da magia é mais cintilante e absorvente, é natural que os pendores poéticos se acentuem e que o escritor tome "o longe atalho chamado poesia" (p. 76).

Em poucos autores a investigação da palavra coincide tanto com a investigação do ser. Procurou ele, a vida inteira, o vocábulo enérgico e conciso, perdendo às vezes em melodia o que ganhava em pluralidade de significações, para também alcançar o cerne da vida, essências. Muitos estudiosos assinalam a sua astúcia de fundar radicais, suas derivações regressivas, sua profusão de prefixos e de sufixos, tudo para encurtar conversa e intensificar as emoções. Não há terreno defeso para sua curiosidade verbal: tanto estuda o universo linguístico dos vaqueiros, os sons da natureza, as vozes e ruídos dos animais, como os recursos da língua alemã, os recursos cênicos dos japoneses, o vocabulário dos indígenas, a fala secreta e reveladora dos mágicos, adivinhos e quiromantes. É o que se vê em *Ave, palavra*. Há uma pesquisa de linguagem em "Uns índios (Sua fala)" (p. 88). Há razoáveis versos em francês (p. 79). A sedução que tinha pelos mistérios fazia-o frequentar horóscopos (exemplo, o artigo "Os abismos e os astros", à p. 56), astrólogos, ledores de mão e de cartas (por exemplo, "A senhora dos segredos", p. 210 e "Cartas na mesa", p. 228). Mas nessa busca do ignoto sabia perfeitamente que "só podemos alcançar sábios extratos de delírios" (p. 163).

E as poesias de Guimarães Rosa? Fora os incomparáveis trechos de mistura de prosa e poesia – "A caça à Lua" (p. 177), e um prosoema exemplar –, o livro apresenta seis momentos de poesia pura: "As coisas de poesia", "Sempre coisas de poesia", "Grande louvação pastoril à linda Lygia Maria", "Quando coisas de poesia", "O burro e o boi no presépio", "Ainda coisas de poesia". Alguns são conjuntos de poemas atribuídos a diferentes poetas que não passam de anagramas de Guimarães Rosa: Soares Guiamar, Meuris Aragão, Sá Araújo Segrim, Romaguari Saes. Preferimos as composições das páginas 50 e 174, assim como a "Grande louvação pastoril" (p. 151). Nos heterônimos se parece com o incomparável Fernando Pessoa. Tal similitude se desenha especialmente no poema "Os três burricos" (p. 54).

Os leitores de Guimarães Rosa sabem que sempre haverão de defrontar-se com vertiginosas indagações acerca do tempo, da morte, do homem, de Deus, do absurdo da vida. Eis algumas frases, sintéticas, agudas, abissais, que se podem colher em *Ave, palavra*:

Enquanto o tempo não parar de cair, não teremos equilíbrio. (p. 27)
Todo ídolo é tentativa de deter o tempo. (p. 41)
Deus não estuda história. Deus expede seus anjos por todas as partes. (p. 36)
Levantar os braços para Deus pode ser tocar as mãos na tristeza. (p. 83)
O macaco está para o homem assim como o homem está para x. (p. 116)
As vozes humanas é que inventaram o silêncio. (p. 121)
A liberdade é absurda. A gente sempre sabe que podia ter sabido. (p. 122)
O nada acontece muitas vezes. (p. 217)

Um capítulo à parte seria inventariar o grande número de palavras novas e expressivas, inventadas por Guimarães Rosa. Contamos algumas dezenas e esperamos que os leitores as encontrem no seu vero contexto: fazem parte de um ritual, de uma celebração, uma liturgia, um espetáculo de pirotecnia literária.

Finalmente, para o gosto dos espíritos especulativos, há alguns verdadeiros ensaios em *Ave, palavra*: o citado "Uns índios (Sua fala)", que mostra descobertas na linguagem dos Terenos, povo meridional dos Aruaks, sabido que, no dizer de Guimarães Rosa, "toda língua são rastros de velho mistério" (p. 90); "Pé-Duro, Chapéu-de-Couro" (p. 123), à guisa de relatar um encontro de vaqueiros de diversas regiões do Brasil, realiza um estudo de caracteres, hábitos, psicologia social, vestimentas; "Terrae Vis", tentativa de caracterização de lugares pelos seus elementos geográficos, uma particular geografia humana; "Minas Gerais" (p. 245), um dos melhores trabalhos de observação da paisagem e da gente mineira, um esforço de conhecedor seguro da ondulante fisionomia do mineiro. É o conhecimento agudo pela lei do afeto, muitas vezes a ciência do inenarrável.

NOTAS

1. Texto publicado originalmente em *Suplemento Literário*, Minas Gerais, 15 de março de 1974.
2. Publicado no Rio de Janeiro pela Livraria José Olympio Editora, em 1969.
3. Publicado no Rio de Janeiro pela Livraria José Olympio Editora, em 1970.

A volta de
Guimarães Rosa

Quando se fala da volta de Guimarães Rosa, entenda-se: suas obras estão de novo disponíveis aos leitores, foram reeditadas.

Curiosamente, em razão de problemas legais que dificultaram o aparecimento dos textos do ficcionista mineiro nas livrarias, tivemos, então, por um largo período, um caso de demanda contrariada. Público havia, o que inexistiam eram os livros.

Ao se completar o primeiro decênio da morte do escritor, em 1977, chamamos a atenção para o inusitado de seu destino: não chegou a experimentar o purgatório do relativo esquecimento em que costumam cair os autores, após o falecimento. Ininterruptamente, a obra de Guimarães Rosa tem merecido estudos mais e mais sofisticados, como se a curiosidade crítica a seu respeito não desfalecesse em momento algum.

Outro aspecto: inicialmente apelidado de escritor difícil, continua cada vez mais procurado pelo público leitor.

Poucos autores da literatura brasileira têm despertado um arco de interpretação tão aberto, impulsos exegéticos tão prolíferos quanto Guimarães Rosa.

Podemos vislumbrar na bibliografia a respeito de sua obra diferentes fases. Inicialmente, predominou o inquérito estilístico, iniciado magnificamente por Oswaldino Marques, com o ensaio "Canto e plumagem das palavras" em 1956, e M. Cavalcanti Proença com *Trilhas no grande sertão*, de 1958.

Depois, a obra de Guimarães Rosa abriu-se à perquirição conteudística, à hermenêutica filosófica e a diferentes estudos comparativos.

Primeiro, houve o espanto da forma. Sentiu-se que ali não se encontrava apenas o tosco registro da fala caipira, como de comum ocorria na ficção regionalista. Percebia-se a existência de uma linguagem construída sobre uma dicção popular, mas travejada com requintes de erudição.

Depois, verificou-se que o conteúdo parelhava com os altos textos da poética universal, revestindo mitos, fábulas, contos e enredos das grandes literaturas que compõem o repertório do saber dos povos.

A seguir, processou-se o descobrimento de pistas genéticas, iluminando-se recantos das obras em que brilhassem resíduos de autores, livros, idiomas, procedimentos. Enquanto alguns buscavam qualquer paternidade insuspeita, um antecedente ao menos, num delírio comparativista, outros relacionavam curiosidades. Por exemplo, William Myron Davis rebuscou "Elementos Japoneses em *Grande sertão: veredas*".

Há os que se dedicaram à transparência onomástica, relacionando os nomes das personagens para descobrir o sentido de cada um, certos de que, na prosa de Guimarães Rosa, todos são portadores de mensagem, ninguém é batizado gratuitamente.

Com o autor de Tutameia, o Estruturalismo deitou e rolou. Toda a sua obra foi submetida a tabulações e modelos, a fim de abonar buscas desesperadas de funções, invariantes, direções actanciais, índices, sequências, isomorfismos, enfim, toda a parafernália retórica com que os mestres e seus epígonos embaralhavam a mente dos periféricos.

Em oposição à linha dos que procuravam o solo mítico-religioso na obra de Guimarães Rosa, postou-se a corrente do verismo: naquela ficção empolgante, quase tudo tinha existência real, poder-se-ia provar. Curioso, por exemplo, é o *Itinerário de Riobaldo Tatarana*, de Alan Viggiano, em que o ensaísta retraça, no mapa do Brasil, os caminhos por onde andaram as personagens do *Grande sertão: veredas*.

Durante o largo tempo em que os leitores ficaram distantes do autor tantas vezes discutido e exaltado, a máquina interpretativa não parou de funcionar: as universidades, brasileiras e estrangeiras, atulharam-se de teses acerca de suas obras tão desafiadoras.

Após um longo período de inspiração de estudos dos mais eruditos e refinados, ultimamente a bibliografia acerca da ficção de Guimarães Rosa veio a pender para a aferição de seus recursos populares. É o caso de *O discurso oral em 'Grande sertão: veredas'*, de Teresinha Souto Ward, e *A cultura popular em 'Grande sertão: veredas'*, de Leonardo Arroyo, ambos publicados em 1984.

Também em 1984, viemos a conhecer o trabalho de Sônia Maria Viegas, *A vereda trágica do 'Grande sertão: veredas'*, premiado pela Prefeitura Municipal de Belo Horizonte. Escudada em Nietzsche, condena o racionalismo da era moderna, a perda do mito, o apetite histórico de inumeráveis culturas distintas, "o voraz desejo de conhecer", para resgatar o lado mítico, poético e filosófico da obra-prima de Guimarães Rosa.

A ensaísta vê na discursividade do poético "o que existe de filosófico no relato de Riobaldo". E, apoiando-se em Cornford, Sônia Maria Viegas surpreende uma "filosofia não escrita" no texto poético. No caso, no texto de Guimarães Rosa.

Parece que a razão da perenidade do texto roseano reside em alimentar sempre a ilusão interpretativa, com a qual nos consolamos do insucesso de jamais alcançarmos sua camada mais profunda. Ele desafia o leitor a desvelar o "sobredentro", aquela verdade oculta entre veredas e capins. Em cada partícula da prosa de Guimarães Rosa palpita um mistério.

No dizer de Teresinha Souto Ward, a sua obra maior, *Grande sertão: veredas* "é um discurso escrito para ser lido como se estivesse sendo ouvido".

Há, nos enredos do ficcionista, um relacionamento constante do destino da personagem com as leis da fatalidade divina ou mesmo social. Observa-se que as forças naturais que comandam os protagonistas, na trilha do desejo e do prazer, expandindo impulsos íntimos poderosos, chocam-se com o forte etos sertanejo, ora desenhado sob forma de destino, ora tracejado como preceito humano incontornável, sanção pública.

Atraem muito nos romances, contos, anedotas e fantasias de Guimarães Rosa o choque entre o natural e o sobrenatural, o entrelaçamento do épico com a suavidade lírica, a incontida irrupção do dramático nas mais inocentes circunstâncias humanas.

O ficcionista oferece, em sua obra, forte condensação daquilo que Ingarden[1] denominou como "estrato das qualidades metafísicas", aquele estrato fundador da obra literária.

Por sobre as situações dramáticas gestadas pela prosa de Guimarães Rosa, paira uma camada poética, uma nuvem transfenomenal, uma chuva que alaga o texto de lirismo e encantamento.

A discutida forma do romancista não passa da materialização de uma complexa estrutura, submetida a permanente metamorfose, pois é na forma que se concretiza, ao mesmo tempo, a intencionalidade do gênero dramático e a aragem poética do texto.

A volta das obras de Guimarães Rosa às livrarias constitui, mais do que uma deferência aos estudiosos, uma atenção para com o público. E também uma homenagem ao escritor que foi, segundo escrevemos em 1977, um dos exemplos mais felizes de artista total e acabado, ou seja, aquele para quem todos os compromissos com a empresa de viver convergiram para a Literatura.

A obra serve para manter o escritor vivo. Já se disse que a obra literária constitui o verdadeiro antídoto contra a morte. Ou, para dizer com as palavras do próprio Guimarães Rosa, "depois da vida, o que há é mais vida...".

Nota

1. Cf. INGARDEN, Roman. *Das Literatiscche Kusntwerk*, Tubingen: Max Niemeyer Verlag, 1960.

Seleção de textos sobre Guimarães Rosa por Eduardo de Faria Coutinho

Na bibliografia crítica brasileira, alguns nomes ocupam espaço privilegiado: Machado de Assis, Mário de Andrade e Guimarães Rosa. Em matéria de atenção analítica e interpretativa, poderíamos, ainda, acrescentar Euclides da Cunha e Carlos Drummond de Andrade.

A fortuna crítica de Guimarães Rosa é um caso singular: sua estreia provocou entusiasmo dos críticos mais sensíveis e, coincidentemente, dos mais influentes em 1946, quando *Sagarana* foi lançado. Álvaro Lins e Antonio Candido tiveram a intuição de novo fenômeno literário e não pouparam encômios ao estreante.

Outro aspecto singulariza o autor de *Grande sertão: veredas*: é rotineiro que, após o falecimento de um escritor importante, passe sua obra por uma espécie de temporário esquecimento, um limbo do qual se redime no decurso de algum tempo. José Lins do Rego e Graciliano Ramos experimentaram aquela fase; Jorge de Lima ainda não voltou à consideração crítica em nível da importância de sua obra; Cassiano Ricardo e Murilo Mendes atravessam seu momentâneo oblívio.

A criação de Guimarães Rosa, todavia, continua a manter sustentado interesse crítico, dentro e fora do país.

Daí a oportunidade da coletânea de ensaios, críticas e depoimentos organizada com inteira competência por Eduardo de Faria Coutinho, que se propõe assegurar a qualidade crítica, o valor histórico e documental dos textos reunidos, a que se agregam estudos genéricos do autor, cronologia, bibliografia ativa e passiva, assim como reportagens biográficas.

Entre os depoimentos, encontra-se famosa entrevista de Guimarães Rosa, concedida a Günter Lorenz, que soube extrair confissões preciosas do introvertido escritor, inclusive alguns pronunciamentos acerca da política literária.

Transcreve-se, também, penetrante estudo de Oswaldino Marques acerca do repertório verbal do autor de *Sagarana*, trabalho pioneiro para a época, de inspirada investigação estilística.

Lê-se, em Guimarães Rosa, igualmente o espanto e o desempenho da crítica em face de um texto novo. Seguindo-se o preceito de que cada obra gera sua própria análise literária, é confortante ver como as virtudes inovadoras de Guimarães Rosa encontram espíritos agudos e percepção intuitiva capazes de entender o fenômeno nos primeiros momentos. Franklin de Oliveira, por exemplo, valendo-se de *Les deux sources de la morale et de la religion*, de Henri Bergson, invocou a lei da reversibilidade da obra genial, segundo a qual a obra-prima, depois de deixar perplexos seus apreciadores, cria pouco a pouco "só por sua própria presença, uma concepção de arte e uma atmosfera artística que permitam compreendê-la". E lembra Marcel Proust, um bergsoneano, para quem "os últimos quartetos de Beethoven criaram o público dos últimos quartetos de Beethoven".

O sentido do comentário de Franklin de Oliveira, de 1967, será repetido várias vezes, algumas delas com apoio num conhecido paradoxo de Borges, segundo o qual cada obra cria seu passado.

Cumpre recordar aqui os agredidos pela glória de Guimarães Rosa. Muitos foram os depoimentos e as entrevistas publicados durante o lançamento de *Grande sertão: veredas* e *Corpo de baile* (1956).

Artigos de incompreensão vinham desde *Sagarana*. Mas a glorificação pós-1956 despertou ciúmes, maledicências, juízos apressados e previsões negativistas. Pena que a fortuna crítica não tenha recolhido um pouco desta limalha da época.

No capítulo das antecipações, vale mencionar a categoria do "monólogo exterior" desenvolvida por Donaldo Schüler, na ocasião em que comentou *Grande sertão: veredas* (1967), consistente no monólogo que se dirige a um auditório, constituído no caso por um único ouvinte, enquanto o monólogo interior não se dirige a ninguém.

A riqueza e variedade da coletânea organizada por Eduardo Faria Coutinho[1] se denunciam pelo elenco de autores e de aspectos observados em Guimarães Rosa, a começar pelo próprio organizador: Renard Perez, Emir Rodríguez Monegal, Günter Lorenz, Oswaldino Marques, Pedro Xisto, Tristão de Ataíde, Benedito Nunes, Henriqueta Lisboa, Franklin de Oliveira, Bella Jozef, Eduardo Portella, Álvaro Lins, Antonio Candido, Ângela Vaz Leão, Nelly Novaes Coelho, Euryalo Cannabrava, Braga Montenegro, Rui Mourão, Afrânio Coutinho, Manuel Cavalcanti Proença, Augusto de Campos, Bernardo Gersen, Donaldo Schüler, Roberto Schwarz, Fernando Correia Dias, Walnice Nogueira Galvão, José Carlos Garbuglio, Flávio Loureiro Chaves, Jean-Paul Bruyas, Evelina de C. de Sá Hoisel, Vera Lúcia de Andrade, Luiz Costa Lima, Maria Luiza Ramos, Consuelo Albergaria, Paulo Rónai, Lívia Ferreira Santos, Fernando Py e Haroldo de Campos formam um universo heterogêneo de impressões e registros acerca da capacidade literária do ficcionista mineiro.

O caráter sumário desta notícia impede-nos de comentar as diferentes contribuições. O comparativismo dependente não faltaria com Joyce e, em ponto menor, Goethe, para explicar o fenômeno Guimarães Rosa. O vezo da busca das fontes aflorou com Mário de Andrade, Oswald de Andrade e todos os regionalistas do país. Mas Riobaldo, antecipadamente, confessou que rezava em todas as religiões...

Nota

1. GUIMARÃES ROSA, seleção de textos de Eduardo de Faria Coutinho, Rio de Janeiro, Civilização Brasileira/INL, 1983.

A construção do romance em Guimarães Rosa[1]

Com A construção do romance em Guimarães Rosa, o professor e crítico literário Wendel Santos apresenta um dos mais bem logrados estudos sobre a operação romanesca, a partir de um "caso": "Buriti"[2], de Guimarães Rosa. Apoiado em consistente base conceitual de Teoria da Literatura, orientado por seguros meios de investigação e norteado por objetivos rigorosamente definidos, Wendel Santos, após metódico desmontamento da máquina de significado do romancista mineiro, recupera a unidade do texto, tendo-o iluminado por dentro, isto é, capacitado o leitor a compreender as subjacentes leis de funcionamento que regem seu mecanismo.

Como obra de arte, o ensaio revela também sua unidade e seu interesse crescente: por seu intermédio, o leitor relê "Buriti" como se viajasse acompanhado de um intérprete astuto, cujo prazer consiste em dar ordem à caminhada e preparar o andarilho para as surpresas do caminho.

Ademais, a obra de Wendel Santos, além de fornecer criteriosa indagação dos processos narrativos de Guimarães Rosa, ministra abundantes e preciosos ensinamentos acerca de peculiaridades da obra literária, cumprindo, deste modo, uma função analítica e uma função didática simultaneamente.

Observe-se, por exemplo, o seguro manejo que o professor faz da bibliografia, farta e heterodoxa. Ela comparece ao texto não para congestioná-lo, nem para transmitir a imagem de uma erudição agressiva e exibicionista: serve de fundamento a um plano já elaborado e a conclusões já atingidas. Wendel Santos usa, portanto, a bibliografia, não é utilizado por ela, empresta-lhe função ilustradora e didática. Daí mostrar sua autonomia intelectual, sem precipitado embandeiramento cultural com que se têm sacrificado tantas vocações e se alienado tantos escritores.

Assim, o ensaísta se mostra vigilante também com as suas fontes teóricas e seus textos de apoio. Por exemplo, quando censura a crítica feita por Forster à obra de Proust. Na discussão dos gêneros literários, parte da tríade Aristóteles-Hegel-Staiger até alcançar os formalistas, revelando domínio do campo. Poderia, claro, ter acrescentado Croce, Jauss e tantos outros, mas seria tornar-se enciclopédico, fugindo aos objetivos do livro e às finalidades da análise.

Outro aspecto: questiona filosoficamente sobre a natureza da obra literária, rege-se pela autonomia desta, mas não descura do relacionamento dos valores intrínsecos com a rede de significações globais de que o sistema interno retira parte de sua força. Consequentemente, a obra singular se insere no conjunto das obras do mesmo autor, no sistema da literatura regional e nacional e, finalmente, no sistema internacional, estratégia pela qual o leitor, ciente da universalidade do fenômeno, pode reter a visão da descontinuidade das culturas. "O importante" – diz Wendel Santos – "é que se tenha refletido sobre o fato de que uma obra por si mesma é incapaz de referir satisfatoriamente sobre sua complexidade significativa" (p. 126).

Para demonstrar a construção de "Buriti", o crítico procura a compreensão transfenomenal do romance, a revelação do estrato fundador da obra literária – o das qualidades metafísicas –, acompanhando a Fenomenologia aplicada por Ingarden.

A seguir, analisa a forma, isto é, o processo pelo qual, através das relações espaço-temporais, do enredo e das personagens do romance (ou do conto, como às vezes denomina "Buriti"), o imaginário se materializa segundo a intencionalidade do gênero dramático.

Depois, investiga o tema, apoiando-se nos motivos que presentificam a história, quer se valendo da Psicanálise, quer se baseando na Mitologia. Poucas vezes temos assistido a uma utilização tão sóbria e adequada das ideias de Freud e de Jung para o aclaramento de uma obra literária, sem o estardalhaço desnorteante com que muitos plumitivos o fazem, convertendo o texto em pretexto e o método em panaceia. No estudo de Wendel Santos, a leitura psicanalítica valoriza o modelo actancial e destaca brilhantemente os processos de erotização de Buriti Bom, através, principalmente, da função das mulheres Maria da Glória, Lalinha e Maria Behú. O "apogeu agônico", como diz Wendel Santos, situar-se-á no confronto entre as forças naturais prestes a explodir e as sanções sociais do sertão, o etos sertanejo, tão agudamente vislumbrado no conto de Guimarães Rosa.

Quanto à mitologia, serve bem para desvendar a profunda elaboração romanesca do autor de "Buriti". O ensaísta se vale do grande levantamento de Mircea Eliade e destaca a atmosfera mítica do romance, em que aspectos da paisagem e da natureza se traduzem em actantes de uma cosmogonia ou de uma história sagrada. Além disso, Wendel Santos observa o enquadramento das personagens na mitologia que preside o andamento narrativo e comenta:

> Cada figura do Buriti Bom, com efeito, tem um caráter mítico: Zequiel é o oráculo da noite; Behú é, ao mesmo tempo, Anteros e Tânatos; e Lalinha é o símbolo da capacidade renovadora de Eros; Miguel é Narciso; Glorinha, Vênus e Diana. Por outro lado, uma leitura comum nada mais vê em Zequiel a não ser o doido, em Behú a não ser a solteirona

frustrada, em Lalinha a mulher vaidosa que se quer desejada, em Glorinha a moça ingênua que se deixa levar pelo velho glutão, e, em Miguel, o rapaz tímido (p. 52).

Como opção metodológica, o crítico de "Buriti" prefere a visão intrínseca, ou seja, procura circunscrever-se aos limites do fenômeno literário. Para tanto, adota a Fenomenologia como aparelho teórico. E, de certa forma, exorciza o esquematismo formalista e estruturalista por meio de Bachelard. Nas palavras de Wendel Santos, ao estudar os processos de construção de Guimarães Rosa: "Bachelard é o preferido para amparar o novo passo do ensaio, em razão do seu esforço de síntese do valor da causa material da obra literária, aspecto que o estruturalismo linguístico exorcizou durante algum tempo."[3]

Para efeito de análise, o ensaísta promove o seccionamento da narrativa, embora reconhecendo e afirmando a unidade básica do texto. Considera o romance como edificação orgânica e, decompondo-a, descobre sutis articulações das partes.

Mostra que "'Buriti' é uma obra literária em luta pela predominância de um dos dois sentidos: a visão e a audição." (p. 28). Tem verdadeiros achados ao demonstrar o caráter móvel do ponto de vista em "Buriti". Investiga minudentemente o obsessivo motivo da viagem em Guimarães Rosa e realiza um magnífico levantamento a respeito do tempo da narrativa, em que vê aplicados, com plena eficácia, os procedimentos de alternância e de simultaneidade.

Propondo a divisão do romance em dois – um romance de Miguel, um romance de Lalinha – que constituem dois movimentos fundamentais, assegura:

O primeiro movimento é o da construção de um romance que se inicia no fim de sua história (Miguel). O segundo movimento, entregue ao leitor num processo inverso ao anterior, é o da construção de um romance debaixo de um princípio de causalidade das ações (Lalinha) (p. 93).

Depois, revela como eles se interpenetram. Em dado momento, Wendel Santos assevera que "o romance é um extenso *flashback* (p. 32)".

Outra exploração de mérito no texto de Guimarães Rosa consiste na análise da inserção do fantástico dentro do dramático, baseada no estudo dos pressentimentos catastróficos de uma personagem paranoica, Chefe Zequiel. Assim, contraposta à escrita confessional e lírica de Miguel, emerge a do Chefe Zequiel, fragmentária e fantástica.

É da intrincada trama da história que o crítico extrai a conclusão acerca do caráter erudito da dicção roseana. Ao invés de obra derivada da oralidade popular, ela é construção refinada e erudita, principalmente pelos processos de alternância temporal.

Em termos conteudísticos, encontramos em *A construção do romance em Guimarães Rosa* penetrante análise da volição na vida de Lalinha e do *destino* na existência de Miguel, ambos elementos saídos da cultura urbana e infiltrados no sertão.

Como ponto culminante, Wendel Santos chama a atenção para a natureza cubista da mente criadora de Guimarães Rosa, baseado no entendimento de Jung a respeito do *Ulysses* de James Joyce: assinala a complexidade dos elementos representados, ordenados segundo um modelo a que se convencionou chamar de realismo abstrato. Ademais, fica demonstrado o parentesco de "Buriti" com o romance surrealista, no qual o amor, como tema, retoma o seu traço primitivo. Nas palavras do professor e crítico: "Mas, em cada época, o modo de contar a energia básica do ser humano efetivamente se modifica: sublimada no classicismo, apaixonada no romantismo, espiritualizada no simbolismo, passa a ser primitiva no surrealismo."

Pelos dados acima reunidos, o leitor poderá avaliar o elevado sentido da operação crítica levada a efeito por Wendel Santos: o desmembramento seguro e metódico do conto de Guimarães Rosa, a reflexão sobre o andamento da narrativa e os processos de intensificação de seus efeitos, assim como a consideração da obra como uma construção erudita que se apresenta ao destinatário como uma edificação orgânica, uma unidade perpassada de significados.

Notas

1. Prefácio de Fábio Lucas ao livro *A construção do romance em Guimarães Rosa*, de Wendel Santos (São Paulo, Ática, 1978).
2. *Corpo de baile*, Rio de Janeiro, Livraria José Olympio Editora, 1956.
3. Cf. Cap. II, "Processo de erotização", da segunda parte, "A visão dos temas", *passim*.

Guimarães Rosa e Clarice Lispector: mito e ideologia[1]

Podemos sintetizar a situação geral da narrativa na literatura brasileira no pós-guerra deste modo:

1. Consolidaram-se as conquistas provenientes do Movimento Modernista, cuja fase aguda de combate da tradição postiçamente acadêmica se verifica na década de 1920. O Modernismo procurou esteticamente quebrar o distanciamento da obra artística. Por isso, pugnou por uma linguagem coloquial e por um aproveitamento mais frequente do quotidiano, quer na poesia, quer na prosa. O experimentalismo delirante estimulou o emprego máximo do talento individual, de que são documento expressivo *Memórias sentimentais de João Miramar* (1924) e *Macunaíma* (1928), de Oswald de Andrade e Mário de Andrade, respectivamente.

2. Como consequência do espírito modernista, irrompera o chamado "romance social do Nordeste" que, agregando José Américo de Almeida, Jorge de Lima, Rachel de Queiroz, José Lins do Rego, Amando Fontes, Graciliano Ramos e Jorge Amado, irá prolongar o realismo-naturalismo brasileiro. Traz o problema social ao primeiro plano e torna mais popular a narrativa, dotando-a de oralidade.

3. A repetição dos mesmos temas, a ausência de renovação literária, a saturação da técnica documental tornaram a narrativa desinteressante. A busca do "retrato da sociedade" havia atingido o seu limite. Deste modo, a busca da *verdade explícita*, que fundamentava a tradição realista, vai sendo substituída pela investigação da *verdade implícita*. Como consequência, o cenário vai-se tornando reduzido, enquanto a personagem ganha relevo. E a personagem, antes caracteristicamente de ação, apresenta-se mais comumente como personagem de *reflexão*. Deste modo, o mundo exterior vai-se apagando, enquanto se acende o mundo interior. O romance e o conto se mostram, então, introspectivos e dão abrigo aos "heróis da consciência", isto é, às personagens problematizadas dentro de um mundo que as esmaga, a vagarem indecisas, desesperadas ou revoltadas, dentro da certeza apodítica da própria impotência.

No plano da teoria da literatura podemos dizer que decai a noção da obra como representação ou como mensagem. É que a experiência em si deixou de ser o objeto da Literatura, que antes procura a significação dessa experiência.

Assim, a historicidade dos episódios narrados e os horizontes da vida coletiva passam a ser evitados pelo ficcionista brasileiro contemporâneo. As suas experiências visam a alcançar outras dimensões do território literário. À literatura-meio sucede a literatura-fim: trata-se de construir um sistema de valores expressionais válido, jamais cativo da História ou da Biografia, mas ele próprio criador de uma história ou de uma biografia.

Estilisticamente, a narrativa brasileira do pós-guerra nos revela duas tendências marcantes: a prosa expressionista e a visão barroca. Pelo expressionismo, o ficcionista se compenetrou de que a exatidão não é a verdade, o que fere a larga tradição brasileira de prosa realista. Ao mesmo tempo, a degradação dos valores sociais leva os escritores a pesquisar a ansiedade metafísica das personagens, geralmente em estado de desespero impotente ou de náusea. É a mente que tenta organizar o caos do mundo exterior.

Pelo barroco, o escritor procura atacar o jogo das simetrias, por julgá-lo falso. A obra literária se torna um campo irregular, aberto, tenso e inesgotável. Descortina-se o horizonte do irrestrito formal. Dentro desse espírito de época, dois nomes se destacam em nossa prosa de ficção: Guimarães Rosa e Clarice Lispector. A presença marcante de ambos é indiscutível, quer se considerando a influência exercida nos escritores contemporâneos, quer se avaliando a repercussão crítica de que foram objeto.

Tentaremos realizar neste breve estudo uma comparação da obra narrativa de ambos. A estreia de Clarice Lispector se deu em 1944, com o romance *Perto do coração selvagem*, e a de Guimarães Rosa se verificou em 1946, com o livro de contos *Sagarana*.

Deliberamos tomar os dois como contistas, já que foi nesse gênero que Clarice Lispector apresentou os seus trabalhos de maior êxito e de mais acabada perfeição, enquanto Guimarães Rosa fez do gênero o campo mais persistente de realização literária, não obstante ter escrito um romance que é considerado obra-prima, assim como poemas, crônicas e pequenos ensaios.

Além do mais, é sabido que a área de maior experiência e renovação da literatura brasileira na década de 1960 foi a do conto, dentro da qual Clarice Lispector e Guimarães Rosa, juntamente com outros nomes importantes, funcionam como prógonos e visionários.

Assim, ao efetuarmos uma pesquisa das invariantes de *Primeiras estórias*[2] e de *Laços de família*[3], encontramos valores sobejos para confirmar certas noções de mito e ideologia com que vínhamos trabalhando.

O conjunto de contos de Guimarães Rosa contém um movimento circular necessário, ao abrir-se com a narrativa "As margens da alegria" e ao fechar-se com "Os cimos", repetindo a mesma personagem e o mesmo cenário. Uma estória encerra-se com a palavra "Alegria" e a outra com a palavra "vida"; uma relata a ida do protagonista, a outra descreve a sua volta.

Primeiras estórias compõe-se de 21 contos, dos quais 18 envolvem pessoas da zona rural, gente do interior, sertanejos. Dos três restantes, um se passa num internato de crianças; outro numa cidade, provavelmente uma capital, mas focalizando um demente com faixas de lucidez; o terceiro relata uma experiência em direção a uma fronteira irrevelada do ser, uma dimensão original da pessoa. São eles: "Pirlimpsique", "Darandina" e "O espelho".

Dos 21 contos, 15 mostram personagens estranhas ou loucas ou facínoras (incluindo-se "O espelho", narrado na primeira pessoa), seis revelam o mundo das crianças; e apenas três estampam a simples gente do interior, nos quais o excepcional deriva da situação criada, cujo móvel é o amor. Tais contos são "Luas-de-mel", "Substância" e "Sequência". Em três casos, o mundo das crianças contém, ao mesmo tempo, personagens estranhas.

A simples apreensão do cenário e a mera quantificação das personagens nos conduzem ao território da Antropologia, pois nos encontramos no domínio do pensamento mágico. O processo de fabulação, ali, se mistura à atividade elaboradora do mito, à mitopeia, já que o narrador privilegia a cultura mais próxima da natureza. O mecanismo é tanto mais visível quanto a personagem do conto inicial e do conto final, o Menino, que, ao defrontar-se com o avião – "o bom brinquedo trabalhoso" – e com "a grande cidade" que se construía, sente apenas o maravilhoso se lhe despertar diante do peru, no primeiro, e do tucano, mais a lembrança da mãe, no último. A grande cidade, o avião, a técnica lhe falaram menos que os elementos naturais.

Colhem-se ainda em *Primeiras estórias* os seguintes aspectos:

1) A mudança e a metamorfose dentro da vida, segundo uma visão relativista das coisas. Daí termos o "móvel mundo" (em "As mar-

gens da alegria", p. 3) e a exclamação: "– como és bela e fugaz, vida!" (em "Fatalidade", p. 63).

No conto "O espelho" encontramos esta reflexão: "O tempo é o mágico de todas as traições" (p. 72), a que poderíamos acrescentar a angustiosa pergunta da filha, em "Nada e a nossa condição": "Pai, a vida é feita de traiçoeiros altos-e-baixos?" (p. 82)

Todo esse processo de metamorfose, descritivo das "enormes diversidades desta vida" ("Sorôco, sua mãe, sua filha", p. 17), encontrará o seu momento culminante em "Partida do audaz navegante", no qual um excremento bovino, ante os olhos imaginosos das crianças, vira um navio em viagem maravilhosa. Liga-se a esse processo a força do inesperado, tão consistente em "Sequência", quando a simples perseguição de uma vaca faz gerar "o mel do maravilhoso, vindo a tais horas de estórias, o anel dos maravilhados" (p. 69).

2) Temos, em seguida, a gratuidade com que as coisas acontecem, de tal arte que o protagonista de "Tarantão, meu patrão", um dom Quixote de lutas incertas, comunica a sua insanidade aos outros, a poder de "ideias já dissolvidas" (p. 166) e instaura um verdadeiro *happening*. Do mesmo modo, tem o caráter de um *happening* religioso o final do conto "Sorôco, sua mãe, sua filha". E o *happening* autêntico se repete na representação teatral que os meninos fazem no Colégio, no conto "Pirlimpsique", ocasião em que dão nascimento a um inesperado espetáculo, "esse drama do agora, desconhecido, estúrdio, de todos o mais bonito, que nunca houve, ninguém escreveu, não se podendo representar outra vez, e nunca mais" (p. 47).

Liga-se à gratuidade o absurdo, conforme dito em "Fatalidade": "A vida de um ser humano, entre outros seres humanos, é impossível. O que vemos, é apenas milagre; salvo melhor juízo." (p. 59) O tema está repetido em "Darandina", em que o homem desvairado, "comensurado com o absurdo" (p. 138), que subiu na elevada palmeira, reiterava que "viver é impossível" (p. 140). A isso se junta o comentário do narrador: "Fato, fato, a vida se dizia, em si, impossível." (p. 140)

3) Por fim, outro aspecto: a tentativa, muitas vezes presente, de as personagens atingirem uma região sobre-humana e, quiçá, extraterrena. Daí o título feliz, "A terceira margem do rio". No conto "Nenhum, nenhuma", em que se entremostra "a maligna astúcia da porção escura de nós mesmos" (p. 151), observa-se também um terceiro dimensionamento do mundo: "Tem horas em que, de repente, o mundo vira pequenininho, mas noutro de repente ele já torna a ser demais de grande, outra vez. A gente deve de esperar o terceiro pensamento." (p. 157)

Mas a nova dimensão que as estórias de Guimarães Rosa nos oferecem pode ser pesquisada ao final de "Nenhum, nenhuma", depois que o Menino apostrofa os pais, quando se percebe que estão em tempos e modos diferentes. O mesmo se nota ao término de "Os cimos", quando o Tio diz: "Chegamos, afinal!", e o Menino responde: "Ah, não. Ainda não..." (p. 176).

Note-se que em "As margens da alegria", referindo-se ao Menino, narra o autor que "alguma força nele trabalhava por arraigar raízes, aumentar-lhe a alma" (p. 7). Em "O espelho" o narrador é mais incisivo: "Reporto ao transcendente." E logo em seguida acrescenta: "Quando nada acontece, há um milagre que não estamos vendo." (p. 71)

Por tudo quanto reunimos, destaca-se a natureza mítica na narrativa de Guimarães Rosa, a sua atração do mágico e do transcendente. Por mais de uma vez a narrativa nos lembra daquela "porção escura de nós mesmos" e "tudo o mais que na impermanência se indefine" (p. 77).

Esse tipo de concepção literária recusa refletir a civilização, gradua-se no campo da poesia, evitando envolvimentos lógicos e pragmáticos. Ao tentar a prospecção da imanência do ser, das fontes pré-natais da existência, ao colecionar movimentos dos instintos e das paixões, desencadeados por obra das circunstâncias, do acaso ou da predeterminação, e ao destacar destinos em busca do indefinido, Guimarães Rosa deixa entre parênteses os mecanismos da História, procurando alcançar a eternidade nas asas do mito, cuja rotação é de todos os tempos e conduz aos mesmos abismos.

Deste modo, o contista brasileiro retoma a tradição primeira da narrativa, composta de lendas, de feitos notáveis de heróis e de episódios maravilhosos que, sacralizados ao nível da religião, do folclore e dos sistemas simbólicos de sustentação das comunidades, une o grupo numa intelecção comum, e oferece um universo acessível, embora indômito. É sabido que o ponto máximo dessa tradição foi a epopeia.

Já Clarice Lispector apresenta 13 contos sob o título de *Laços de família*, rótulo muito pertinente para designar as relações para as quais ela se volta particularmente, a fim de nos entregar, no âmbito da Literatura, a sua visão do mundo. O que conjuga as diferentes impressões, largadas aqui e ali, é a sensação de uma vida intolerável, cercada de medos e de espantos, e que pode conduzir as personagens ao extremo da náusea.

A temporalidade das situações criadas é patente. A família burguesa se apresenta como uma busca desesperada e cruel da felicidade. E, como o seu valor mais alto, a estabilidade, é um valor precário, inteiramente circunstancial, os laços que ela estabelece se transformam numa prisão dourada, dentro da qual os mecanismos do quotidiano conduzem ao tédio e ao nojo. A marca existencialista se mostra vívida na coletânea de Clarice Lispector.

Os sonhos de ruptura com a rotina trazem o selo da culpa e da consequente angústia. No primeiro conto, "Devaneio e embriaguez duma rapariga", a mulher que se embriagou no dia anterior, que acalentou uma sombra de pecado, acaba por se chamar de "cadela", sem sair do seu círculo vazio. E no último, "O búfalo", a mulher, no Jardim Zoológico, num dia de primavera, inquieta-se diante do mundo natural e padece dos reflexos de um amor insatisfeito, misturado ao ódio. Até que viu um búfalo e o provocou, dando-se na sua consciência atormentada a fusão búfalo/homem: "Eu te amo, disse ela então com ódio para o homem cujo grande crime impunível era o de não querê-la. Eu te odeio, disse implorando amor ao búfalo." (p. 161) E o encontro dos olhos do animal leva-a ao paroxismo final da vertigem.

Clarice Lispector apanha bem o contraste entre o amor e o ódio, o prazer e o mal-estar, a felicidade e a náusea; revela a mulher na "doçura da infelicidade" (p. 158).

A família, como célula enferma, predomina avassaladoramente no livro. A única distração para a sua monotonia vem do acaso, em lances de surpresa, como em "A galinha". O ovo deitado pelo pequeno animal perseguido restaura o mistério da renovação da vida, que impregna a filha menor e se comunica ao pai.

No mais, tudo leva à dor e ao espanto. Em "Feliz aniversário", título irônico, a octogenária homenageada pelos descendentes se aborreceu ao extremo e "incoercível, virou a cabeça e com força insuspeita cuspiu no chão" (p. 71). Uma das primeiras pessoas a chegar à festa característica, a nora de Olaria, manifesta-se deste modo: "Vim para não deixar de vir" (p. 65), o que define bem o traço compulsório e desagradável dos "laços de família". No conto que dá nome ao livro, o marido, diante da mulher que sai com o filho, "sentira-se frustrado porque há muito não poderia viver senão com ela" (p. 121).

O conto "Mistério em São Cristóvão", uma verdadeira obra-prima, põe em relevo, de maneira magistral, o esplendor e a fragilidade da instituição familiar. A narrativa se arma numa perfeita montagem de cenas, cujo clímax é atingido quando o acaso põe em contato dois grupos humanos ligados por motivos diferentes: um no interior, outro no exterior de uma casa.

E a seguir, temos em *Laços de família* o conto "O crime do professor de matemática", que narra a trajetória de um sentimento de culpa, quando o professor procura "enfim pagar a dívida que inquietantemente ninguém lhe cobraria" (p. 149). Ele busca enterrar um cão vagabundo para compensar-se do crime de ter abandonado outro cão, seu fiel amigo. O drama de consciência é narrado compulsivamente, e o conto irá acabar com a recaptura do homem aos seus valores inevitáveis: "E como se não bastasse ainda, começou a descer as escarpas em direção ao seio de sua família." (p. 150)

Ao lado do sexo culposo e apavorado, do transcurso da consciência em falta, o grande destaque de todo o livro é a náusea. Mesmo a felicidade a ela conduz. No primeiro conto, a mulher sente "que havia certas coisas boas porque eram quase nauseantes" (p. 19). O status da pessoa casada se encontra no mesmo local: "desiludida, resignada, cansada, contente, a vaga náusea".

No conto "Amor" o que vemos é o dia de uma mulher casada que, indo às compras, defrontou-se com um cego que mascava chicles, "mascava goma na escuridão" (p. 25). Para ela, "o mundo se tornava de novo um mal-estar" (p. 26). Na voz do narrador, "através da piedade aparecia a Ana uma vida cheia de náusea doce, até à boca" (p. 27). E em estranheza, entre fascinação e nojo, a personagem diz baixo, faminta, ao filho: "A vida é horrível." (p. 30) O seu dia era um campo de horror e angústia.

A mesma sensação é a da mulher de "A imitação da rosa", na sua vã tentativa de provar-se sólida e firme diante da vida, depois de uma enfermidade.

Todos os laços se revelam perigosos. É o que se vê em "Começos de uma fortuna", quando o projeto de riqueza de um menino leva-o à noção da dívida e do compromisso.

O ponto extremo da náusea pode ser buscado no conto "O jantar", narrado por uma personagem masculina, em primeira pessoa, em que o narrador observa, repugnado e com angústia, a refeição de um velho num restaurante. Como ele próprio diz: "Estou tomado pelo êxtase arfante da náusea. Tudo me parece grande e perigoso." (p. 94)

Assim como a prosa narrativa de Guimarães Rosa avança em direção do mito, podemos verificar que a ficção de Clarice Lispector diz respeito ao segundo momento da tradição, aquele que dá ênfase aos valores do quotidiano e tenta reduplicar um estádio da sociedade de relações múltiplas e que conduzem à solidão. Esse tipo de narrativa começa a surgir com a descoberta da escrita, progride com a implantação da imprensa e se expande com o progresso material da comunidade. Sua principal fonte é a *ideologia*, cuja força e cujo conteúdo se destinam a uma espécie de codificação do quotidiano. O ponto superior dessa tradição será o romance, cuja manifestação mais organizada vamos encontrar no século XIX.

Laços de família, deste modo, simboliza uma visão pessimista do mundo, ao reduplicar uma célula da comunidade burguesa, ao penetrar nas consciências possuídas pelo medo e pela náusea, vagando com espanto e medo em direção do vazio. O permanente recurso dos jogos de contraste, da descrição de sentimentos em choque, da conexão de palavras opostas, indica a divisão interior das personagens e a busca de uma identidade impossível, dentro de um quadro historicamente datado.

NOTAS

1. Publicado originalmente em *Razão e emoção literária*. São Paulo, Duas Cidades, 1982, p.113-21.
2. GUIMARÃES ROSA, João. *Primeiras estórias*. Rio de Janeiro, Livraria José Olympio Editora, 1962.
3. LISPECTOR, Clarice. *Laços de família*. Rio de Janeiro, Francisco Alves, 1960.

Oralidade na prosa de Guimarães Rosa

Teresinha Souto Ward contribui para a grande bibliografia acerca da prosa de Guimarães Rosa com um estudo original a versar sobre assunto que parece óbvio: a oralidade em *Grande sertão: veredas*, embora se reconheça haver um hiato de expressão entre as práticas da oralidade e da escrita.[1]

Na verdade, intromete-se um fator antropológico entre as duas formas de produzir significado, indicando diferenciados estádios civilizatórios.

A ensaísta, para realizar seu escopo, entregou-se a dois tipos de pesquisas: uma pesquisa de campo e outra de gabinete. Para chegar às conclusões a que chegou, uniu magnificamente uma a outra. Daí a grande força de seu ensaio.

Reconhecendo que Guimarães Rosa empreendeu peculiar façanha de incorporar elementos do português oral do Brasil à prosa literária, percorreu o território provável da ação de *Grande sertão: veredas*, colhendo entrevistas e estórias que possibilitassem a comparação com o texto escrito. Coletou material em doze cidades, distritos, povoados e fazendas, como Cordisburgo, Fazenda Pindaíba, Paraopeba, Pirapora, São Romão, Brasília de Minas, Mirabela, Buritizeiro, Coração de Jesus, Andréquicé, Manga e Jaíba. Reuniu quarenta horas de entrevistas, de que aproveitou 90 páginas de transcrição de conversações. Não se bastou com estes dados empíricos, todavia. Em seu trabalho de gabinete, mobilizou seguros conhecimentos de Linguística e de Estilística, a fim de colecionar na prosa de Guimarães Rosa os indícios da oralidade, em pesquisa que foi desde a sinalização gráfica (os usos de interrogação, dois pontos, reticências, travessão etc.) até a cadência e ritmo do discurso, desde questiúnculas de ortografia até a estrutura morfossintática, com a minúcia e a segurança de uma verdadeira cientista.

Digno de atenção é o apoio teórico em que se baseou o trabalho de Teresinha Souto Ward, a fim de captar os matizes da sintaxe e do discurso. Além da variada bibliografia que apresenta no final do estudo, menciona especificamente Noam Chomsky, M. A. K. Halliday, Dell Hymes, William Labov, Roger Fowler e Charles Fillmore. Em outra circunstância, agrega os nomes de James Thorne, Richard Homann, Samuel Levin, E. D. Hirsch e Victoria Fromkin.

Vê-se uma filiação doutrinária discordante da usual apreensão do fenômeno literário entre nós, de modo geral subjugada à moda francesa que, por sua vez, tem funcionado como entreposto cultural das correntes do pensamento europeu.

Marca-se a orientação de Teresinha Souto Ward pelos estudos da pragmática linguística associada aos mecanismos da competência literária. No fundo, busca a instauração de uma sociopoética insatisfeita em somente descrever os códigos de significação e de comunicação (teoria de caixa preta), ou de, outro modo, em apenas explicá-los (teoria de caixa translúcida). Assim, inclina-se para uma estética simultaneamente descritiva e explicativa, com o propósito evidente de iluminação do texto literário considerado.

Os resultados da coleta de material e de sua análise são notáveis em O discurso oral em 'Grande sertão: veredas'. A autora evidencia a "ilusão de oralidade" obtida pela prosa de Guimarães Rosa, sem que se manifeste nela a mera tentativa de reprodução direta do dialeto regional. O que houve foi estilização, uso de artifícios cultos para traduzir a dicção oral rural.

Nas palavras da ensaísta,

muitos dos processos orais incorporados derivam de características inerentes à situação comunicativa, como a escolha dos interlocutores, a relação que estabelecem e a contextualização espacial e temporal. Exemplificou-se assim que, além de incorporar elementos de natureza informativa no conteúdo e processos linguísticos gramaticais e léxicos, Guimarães Rosa leva em consideração fatores sóciolinguísticos presentes na situação do discurso e estiliza a própria atitude dos habitantes da região em relação ao espaço, tempo e cultura em que vivem.

No capítulo dedicado à sintaxe, é de peculiar interesse o estudo da mimese de erros normais, ou seja, dos chamados *lapsus linguae*, incorporados ao texto roseano para gerar efeitos oralizantes, algo que vem de uma tradição que passa por Rabelais, Lewis Carroll e James Joyce, e que encontra correspondência em alguns trava-línguas de nosso adagiário ou do cancioneiro popular. Aquele processo, geralmente inconsciente, torna-se consciente na prosa do escritor que, não raro, tira efeito humorístico do desvio lexical (muitos de nossos poetas experimentalistas se enveredaram pelo caminho paralelo ao esgotar as possibilidades do trocadilho e da paronomásia). É curiosa, no trabalho de Teresinha Souto Ward, a investigação das palavras condensadas, composição léxica que Lewis Carroll denominou *portmanteau* no prefácio de *The hunting of the snark*.

Igualmente preciosa é a análise que a autora de *O discurso oral em 'Grande sertão: veredas'* faz, no capítulo "Discurso", da incorporação de outros modos narrativos ao discurso literário. Ela parte da hipótese de que *Grande sertão: veredas* é "um discurso escrito para ser lido como se estivesse sendo ouvido". Realiza, então, pertinente estudo da pontuação (dois pontos, travessão, reticência, interrogação e exclamações) e penetrante avaliação de subtextos agregados ao discurso literário, como bilhetes, sermões, poemas, canções, falas discursivas etc.

Assim, Teresinha Souto Ward, graças à sua trabalhosa pesquisa de campo, a seu acurado estudo da obra de Guimarães Rosa e à boa fundamentação teórica, logrou trazer novidades ao fértil campo da análise literária que tem tomado a ficção do escritor mineiro como ponto de partida. Não descurando a bibliografia já existente, que demonstra conhecer intensiva e extensivamente, nem sempre acata este imenso manancial de maneira passiva. Assim, por exemplo, contraria versões etimológicas ou explicações de palavras encontradas em Guimarães Rosa por estudiosos como Nei Leandro de Castro, Antonio Candido e Ivana Versiani, tornando controvertidas informações até então pacíficas. Para tanto, chega até a invocar seu próprio repertório vocabular, uma vez que ela própria é oriunda de uma das regiões atravessadas pelos heróis do romancista.

Lê-se *O discurso oral em 'Grande sertão: veredas'* com agrado. A autora utiliza seus conhecimentos com segurança e sobriedade, sem congestionar o texto de citações inúteis ou simplesmente ornamentais.

NOTA

1. Cf. WARD, Teresinha Souto. *O discurso oral em 'Grande sertão: veredas'*, Rio de Janeiro, Livraria José Olympio Editora, 1984.

Guimarães Rosa e Euclides da Cunha: o inumerável coração das margens[1]

Para Marisa Lajolo, Regina Zilberman, Walnice Nogueira Galvão e Ivana Versiani dos Anjos

A ficção, como produto acabado da modernidade, epopeia da classe burguesa, no dizer de Hegel, cristalizou-se a poder de muitas convenções. Uma das mais persistentes tende a glorificar as andanças do *homo viator*, pois essa noção, segundo Gabriel Marcel, visa a introduzir nos assuntos humanos um elemento de desordem, um princípio de desmesura e de des-harmonia.[2] A ideia de viagem traz em si determinações que pertencem tanto ao tempo quanto ao espaço e, sob esse aspecto, "ser é ser em rota"[3]. Tal é o espírito daquela obra que é apontada como a mãe de todas as ficções modernas, *D. Quijote de la Mancha*. Nas priscas eras da literatura ocidental, quando, ainda, a prosa não havia se desgarrado da poesia, imperaram as histórias de Homero. O que inspirou ao surrealista Raymond Queneau a síntese audaciosa: toda narrativa ou é uma *Ilíada* ou uma *Odisseia*. Ao que alguém, trocando em miúdos a culta fala, arrematou: toda narrativa é o relato de uma saída, ou o de uma chegada.

Guimarães Rosa, ao mesmo tempo criador e estuário de muitas culturas, deixou nas suas inumeráveis estórias as pegadas do homem em curso, do andarilho, conforme o despacho de sua personagem: "só estava entretido na ideia dos lugares de saída e de chegada". E, como corolário, divulga: "Assaz o senhor sabe: a gente quer passar um rio a nado, e passa; mas vai dar na outra banda e num ponto muito mais em baixo, bem diverso do que em primeiro se pensou." É o que se colhe em *Grande sertão: veredas*. Mais uma pista de natureza genética: quando concorreu ao Prêmio Humberto de Campos da Livraria José Olympio, a 31 de dezembro de 1937, com o volume intitulado *Contos* (mais tarde denominado *Sezão* e, finalmente, em 1946, *Sagarana*), o pseudônimo que adotou foi: Viator.

Um dia, Guimarães Rosa glosou um paradoxo poético: a terceira margem do rio... Uma proposta metafísica, a sexta entre as *Primeiras estórias*, aquela prodigiosa invenção do pai que, de caso pensado, se instala num barco, se insula, e vagueia sobre as águas, sem tempo nem rumo, para cumprir sua sina, atado apenas à humana condição pela lealdade e dedicação do filho. Teria mãe ou avó, ou mesmo parente afim aquela estória? Aquele estudo de rio, margem, destino e destempero?

Diz-se, da literatura, que os textos todos, bons ou maus, são filhos de outros textos que no passado se escondem. Escrever, então, seria ressuscitar textos adormecidos, a faina criadora consistindo em dar forma atual ao que jaz no inconsciente?

De "margens" a consciência coletiva brasileira está pojada. Basta, por exemplo, içar o primeiro verso do hino nacional, tópico do aprendizado das primeiras letras: margens plácidas.

E Euclides da Cunha, sempre genial no emprego da palavra escrita, recolheu em À *margem da História* parcela de episódios vivenciados no Amazonas, dando ficção à História, ou simplesmente calcando as reminiscências de leituras no chão diegético. À margem da História... Realismo literário ou História fantasiada, como denominar aquela literatura baseada nos fatos?

"À margem" pressupõe um leito e um curso de rio... histórico. A metáfora se colhe no primeiro braço da correnteza. O gesto metonímico conduz-nos à margem inexistente, ideal, imaginada e consagrada no ímpeto da metamorfose.

Um descompromisso com a História, leito principal? Estoriação da História? Ou a simples libido do texto, encaminhando o histórico para o recanto das estórias?

O Amazonas é, antes de tudo, paisagem. Como tal, insuperável, transbordante de todas as definições. Amplo espaço. E ali, no meio do rio, o rio, tempo travestido. Cai-se novamente no campo eletrizante das metáforas/metonímias: o transbordamento das definições, vício da antropomorfização da linguagem.

Aqui vem, do leito do Amazonas, estoriado por Euclides da Cunha, o vulto de um relato singular, avoengo de "A terceira margem do Rio": "Judas/Asvero"!

O artista sem margens, Euclides da Cunha, juntou no título duas personagens trágicas da tradição cristã-judaica. Símbolo da máxima individualidade e solidão do homem. Ao primeiro, se lhe entregou o papel de trair o Deus-homem. Ao segundo, a sina de vagar sem pátria, sem margem, andarilho de destino incerto e não sabido.

Leia-se "Judas/Asvero" e se pense em Guimarães Rosa. Lá, também, está o criador sem fronteira, a expressão ímpar para a percepção aguda da tragédia humana. A crispação do gesto crítico, o inconformismo com a mesmice repetitiva. Tem "margem", mas a "terceira". E tem "História", transubstantivada em "estória", substantivo comum.

Escrever no estilo de Guimarães Rosa tornou-se tarefa apetecível. Dois dos melhores escritores da comunidade dos países de língua portuguesa, um, o poeta brasileiro Manuel de Barros, e o outro, prosador moçambicano, Mia Couto, deixam à mostra o parentesco verbal. Certa vez, em 1975, na University of Wisconsin, Madison, tomamos os dois melhores estudantes e apresentamos-lhes dois contos brasileiros, bem típicos: "Desempenho" de Rubem Fonseca e "O famigerado" de Guimarães Rosa (*Primeiras estórias*). E solicitamos a uma, Shelley C. Slotin: escreva "Desempenho" no estilo de Guimarães Rosa. E ao outro, Alexandre Caskey, demandamos redigisse "Famigerado" no jargão de Rubem Fonseca. O desempenho de ambos foi acima do esperado. Serviram-nos, os textos, para extrair fundamentos sobre a intertextualidade. E os divulgamos na revista belo-horizontina *Inéditos*[4].

É mais fácil, vê-se, lidar com autores de timbre exclusivo. Antigamente, preocupava-se muito com o "estilo" do escritor. Dizia-se, por exemplo: Otávio de Faria é bom, mas não tem estilo. E Joaquim Nabuco se celebrou por apelidar de "cipó" o estilo de Euclides da Cunha. Em 1922, o ensaísta inglês J. Middleton Murry escreveu *The problem of style*, tema da época. Considera-se a mais antiga análise do estilo em língua latina o tratado *Rhetorica ad Herennium*, composto entre 86 e 82 a. C. e dirigido a C. Herenio. Até o século XV, foi atribuído a Cícero. Hoje, o jornalismo procura o texto neutro, sem estilo, massificador. O que entra na "mídia" tem que ser incolor, impessoal e insípido, não literário.

Euclides e Rosa, que marcas coruscantes de estilo! Quem ler "Judas/Asvero", sem muito esforço poderá vislumbrar o inconfundível voo de Guimarães Rosa sobre a floresta amazônica. E ao tresler, de volta, "A terceira margem do rio", sentirá, rente, as imagens rústicas de vários judas descendo o rio, sob a saraivada de tiros, pedras e imprecações dos seringueiros infortunados, ressentidos, a cumprir na vingança virtual seu protesto contra a miserável condição humana. O sábado em que se imola o Judas presta-se "à divinização da vingança", conforme preceitua Euclides da Cunha.

Do hino brasileiro colhem-se "margens plácidas" ao primeiro verso. Das margens de "Judas/Asvero" explodem gritos, farpas e maldições. Os sertanejos, enganados pelos traficantes e pela vasqueira da vida, desforram-se do Judas no protesto imemorial, alvo de todas as frustrações. Bertold Brecht, em poema, conduziu a ideia de que falamos mal dos rios que ultrapassam seu leito, sem nos preocupar com as margens que o oprimem. Na tradução de Arnaldo Saraiva, temos "Da violência":

> Do rio que tudo arrasta se diz que é violento.
> Mas ninguém diz violentas
> As margens que o comprimem.[5]

O rio, no conto de Guimarães Rosa, tem a figuração de "largo, de não se poder ver a forma da outra beira". Segundo Euclides da Cunha, em "Os caucheros" (capítulo de À Margem da História, obra póstuma)", o rio se traduz simplesmente por "caminho que marcha".

Se formos buscar o símbolo do rio nos primórdios da cultura ocidental, lá estará perene no excerto de Heráclito, para nos dizer que o rio não pode, pelo ser humano, ser atravessado duas vezes. Tempo inexorável. Glosou-o Jorge Luis Borges na sua "Arte Poética":

> Mirar el río hecho de tiempo y agua
> Y recordar que el tiempo es otro río.

Além do tempo considerado em abstrato, como, por exemplo, o número do movimento em Aristóteles, temos a medida do tempo, rumo da finitude humana assim delineado na "Terceira margem do rio": "os tempos mudavam no devagar depressa dos tempos". Sensações, emoções, misturadas à passagem do tempo. Bergson lidou com o tempo interior, duração, transposto de modo imortal por Marcel Proust ao À la recherche du temps perdu. Novas categorias se agregam, como "as intermitências do coração" e a memória involuntária.

Em Euclides da Cunha, consoante vimos, o rio se lhe afigura como "caminho que anda". No "Judas/Asvero", o judas produzido pelo sertanejo é descrito com minúcia. Sua feitura tem arte de escultor e leve traço de ironia. A encenação efetivada pelo escritor leva-o a um crescendo emocional, até que o acabamento da obra gera nova representação, subjetiva e particular na sua autorreferência. O cogito cartesiano invade o cenário, e o sertanejo, mais do que ritualizar o Judas, ou vingar-se de acumulados agravos, retrata-se:

Repentinamente o bronco estatuário tem um gesto mais comovedor do que o *parla*! ansiosíssimo, de Miguel Ângelo; arranca o seu próprio sombreiro; atira-o à cabeça de Judas; e os filhinhos todos recuam, num grito, vendo retratar-se na figura desengonçada e sinistra do seu próprio pai. É um doloroso triunfo. O sertanejo esculpiu o maldito à sua imagem. Vinga-se de si mesmo: pune-se, afinal, da ambição maldita que o levou àquela terra [...].

Pouco depois desse trecho, Euclides da Cunha recorre ao rio, para descrever a viagem prevista para o Judas. Como sempre acontece ao escritor, o discurso avaliativo vem junto da construção do episódio. Nisto se distancia do procedimento narrativo de Guimarães Rosa, que articula sintagmas, apotegmas, pequenos ditos ou enredos emanados da sabedoria dos povos, dos mitos seculares ou das leituras filosóficas e religiosas. Liga os dois autores o valor permanente do orfismo, a solução literária. Diz do sertanejo o autor de *À margem da História*, narrando o destino da personagem aqui, sim, confluente com o "pai" de "A terceira margem do rio":

> A imagem material de sua desdita não deve permanecer inútil num exíguo terreno de barraca, afogada na espessura impenetrável que furta o quadro de suas mágoas, perpetuamente anônima, aos próprios olhos de Deus. O rio que lhe passa à porta é uma estrada para toda a terra. Que a terra toda contemple o seu infortúnio, o seu exaspero cruciante, a sua desvalia, o seu aniquilamento iníquo, exteriorizados golpeantemente, e propalados por um estranho e mudo pregoeiro...

Embaixo, adrede construída, desde a véspera, vê-se uma jangada de quatro paus boiantes, rijamente travejados. Aguarda o viajante macabro. Condu-lo prestes, para lá, arrastando-o em descida, pelo viés dos barrancos avergoados de enxurros.

Aí estão o rio, o barco e o estranho figurante. A parceria com a situação gestada por Guimarães Rosa é evidente. A continuação do episódio matiza-se de pormenores simbólicos, ora ideológicos, ora ontológicos, ora, enfim, retóricos, de pura excitação verbal, produtora de articulações narrativas:

E Judas feito Asvero vai avançando vagarosamente para o meio do rio. Então os vizinhos mais próximos, que se adensam, curiosos no alto das barrancas, intervêm ruidosamente, saudando com repetidas descargas de rifles, aquele bota-fora. As balas chofrem a superfície líquida, erriçando-a; cravam-se na embarcação, lascando-a; atingem o tripulante espantoso; trespassam-no. Ele vacila um momento no seu pedestal flutuante, fustigado a tiros, indeciso, como a esmar um rumo, durante alguns minutos, até reavir no sentido geral da correnteza. E a figura desgraciosa, trágica, arrepiadoramente burlesca, com os seus gestos desmanchados, de demônio e truão, desafiando maldições e risadas, lá se vai na lúgubre viagem sem destino e sem fim, a descer, a descer sempre, desequilibradamente, aos rodopios, tonteando em todas as voltas, à mercê das correntezas, 'de bubuia' sobre as grandes águas.

O final é um empolgante ajuntamento de inúmeros judas, arrebatados num grande círculo, revoltos numa "espiral amplíssima de um redemoinho imperceptível e traiçoeiro". E, após, seguindo o rumo da correnteza, alinham-se em fila e descem indefinidamente rio abaixo.

De volta a "A terceira margem do rio", o narrador, ao aprofundar a estúrdia decisão do pai, de vogar pela vida toda pelo rio, diagnosticada a sua perturbação mental, ampliando-a ao mundo inteiro: "Ninguém é doido. Ou então, todos."[6]

O drama é pessoal. O mesmo estigma que apanhou o pai e o afastou da convivência dos outros começa a atacar o filho. O drama das heranças abissais se recompõe. Justamente aquilo que foi ponto de honra da novela naturalista, a descrever o repasse das taras nas tramas da reprodução da espécie. A terceira margem do rio é uma dimensão pessoal. A correnteza que arrasta o Judas com sua força inexorável e fatalista é um drama de gente, tem espessura pública, que envolve a História humana. O primeiro texto é metafísico e cuida do ser, perscrutantemente. O segundo envolve o povo, abrange a existência e desenvolve fundamentos históricos. Na corrente do tempo, o destino de ambos os figurantes não tem fim, é puro mistério. Não cabe aqui nem a esperança cega de Prometeu, nem a esperança em si de Gabriel Marcel, diferente da ambição. Puro mistério.

Em ambos, Guimarães Rosa e Euclides da Cunha, o que solicita existência e é duradouro está à margem. O que move e flui está no rio: silencia e desaparece.

Que Guimarães Rosa seja um dos gênios da criação literária brasileira não há dúvida. O que cumpre iluminar é a possível coloração de seu estilo inigualável com os entretons de outros escritos de forte determinação estilística e de originalidade discursiva. Tanto que, a alguns deles, Guimarães Rosa conferiu especial atenção. Quando se publicou *Corpo de baile*, tivemos oportunidade de apontar discretos sinais de analogia entre determinados giros fraseológicos encontrados naquela obra e outros tantos provindos de *O Malhadinhas* de Aquilino Ribeiro. Na época, o assunto virou polêmica. Agora, sem propósito de explorar improvável filiação, desejamos evocar vagos resíduos de leituras de Euclides da Cunha na obra sempre admirável de Guimarães Rosa.

Notas

1. Publicado originalmente em *Scripta*, v.2, n.#, Belo Horizonte, PUC-MG, 2º sem./ 1998, pp. 115-20.
2. Cf. MARCEL, Gabriel. *Homo viator, prolégomènes a une métaphysique de l'Espérance*. Paris, Montaigne, 1944, p. 6.
3. *Ibid.*, p. 8.
4. Cf. *Inéditos*, Belo Horizonte, n. 4, nov/dez 1976.
5. BRECHT, Bertold. *Poemas*. Lisboa, Presença, 1973, p. 71.
6. GUIMARÃES ROSA, João. *Primeiras estórias*. Rio de Janeiro, Livraria José Olympio Editora, 1972, 6. ed., p.32.

Guimarães Rosa segundo Hygia Ferreira

Hygia Therezinha Calmon Ferreira foi buscar em *Ave, palavra* de Guimarães Rosa, obra póstuma, a inspiração para nomear sua tese de doutorado, *Guimarães Rosa. As sete sereias do longe*.[1] Para atingir seus objetivos, procurou perfazer o caminho da leitura filosófica e espiritual do ficcionista, demorando-se em três temas caros aos que se dedicam à aproximação do lastro poético à reflexão filosófica: as relações entre o contingente e o absoluto (ou, vistas de outro ângulo, as relações entre a existência e a essência); o sentimento dramático da existência, que significa a exploração da consciência da morte; e, por último, a visão religiosa, em que se propõe o estudo das conexões entre existência e transcendência.

O núcleo da tese anuncia-se através da busca do universo religioso-poético-metafísico refletido no canto das sereias, "as sete sereias do longe", deste modo enumeradas: o si-mesmo; o céu; a felicidade; a aventura; o longo atalho chamado poesia; a esperança vendada; e a saudade sem objeto.

Na verdade, Hygia Ferreira busca, em Guimarães Rosa, a "filosofia não escrita", considerada por Conford a mais forte premissa dos filósofos, radicada no "inconsciente silogismo", superior, "mais cálido e humano" que os termos em que se traduzem a racionalidade e a objetividade.

Por isso é que a viagem de Riobaldo, personagem de *Grande sertão: veredas*, estribada na Palavra e na Memória, vai pelos caminhos "do que houve e do que não houve".

Interessa primordialmente em Guimarães Rosa a dimensão épica, pois nesta, segundo Hegel, o que conta não é o poeta (aedo), que desaparece no conteúdo da epopeia, mas a musa e o canto universal.

Os primeiros filósofos da Grécia realizaram a síntese entre a linguagem do indizível, que é a poesia, e a linguagem da explicação do absoluto, que é a filosofia, "levando, desta forma, o pensamento lógico a comprometer-se com o que escapa à lógica".

A tese de Hygia Ferreira trouxe inovações à abundante bibliografia de Guimarães Rosa. Antes de mais nada, sistematizou a busca da espiritualidade do ficcionista. A seguir, agregou a contribuição da pesquisa original. Chega a transcrever o livro de poemas de Guimarães Rosa, premiado pela Academia Brasileira de Letras, *Magma*, um duradouro enigma na bibliografia do romancista. Ficaram abertas as portas dessa obra para a crítica e para o conhecimento da primeira prática do escritor com a linguagem poética. Ainda que refugada por este, a obra é portadora de inquestionável interesse crítico.

A tese, ainda, reproduz o conto-novela "El imperador"[2], escrito em 1936, publicado na Argentina e jamais traduzido ou reproduzido entre nós. Descreve festa popular de origem portuguesa.

Por último, o trabalho de Hygia Ferreira é enriquecido com uma louvável apresentação iconográfica, mediante a qual o leitor pode entrar em contato com a vida íntima do escritor.

Hygia Terezinha Calmon Ferreira, na verdade, através de paciente e ordenada colagem de manifestações de Guimarães Rosa, mapeou a poética da espiritualidade do escritor, apresentando-lhe uma verdadeira cartografia poético-filosófica. Com isso, a bibliografia roseana deu um passo à frente.

Notas

1. Tese defendida na Universidade Estadual Paulista, São José do Rio Preto, SP, em 1991.
2. Trad. de Haydé M. Jofre Barroso. *Mundo Nuevo*, 41, Buenos Aires, noviembre, 1960, pp. 42-51.

O desvelamento de *Magma*[1]

Depois de tantos anos oculta, eis que se publica a coletânea de poemas de Guimarães Rosa, *Magma*[2]. Embora pontilhada de motivações telúricas e remotos ecos da tradição greco-latina, ainda transpira herança romântica, entrelaçada com experimentos do simbolismo decadentista: "a tênue poeira flava de seu êxtase"... Poemas como "Impaciência" evocam o romantismo ingênuo.

A parte prosaica, narrativa, é a mais forte da coletânea. Por exemplo, o relato amargo de "Reportagem", cujo gênero se denuncia no título. "Reza brava", com seu rito mágico, vale como um conto de horror dramático. Rascunho gótico de futura prosa.

Falta ao poeta a maestria do verso. Os raros momentos de beleza cristalina jazem na ganga impura. Diamantes entre cascalhos.

O leitor encontrará em esboço a determinação temática da flora e fauna do Centro-Oeste brasileiro, uma das riquezas de Guimarães Rosa. E reminiscências vagas de mil e uma noites, filosofia oriental, trechos da mitologia grega e os mitos do sol, da lua e da chuva, frutos de nossa herança indígena. *Magma* mal prenuncia o grande gênio de *Grande sertão: veredas*. Embora se surpreendam nela faíscas da capacidade criadora de Guimarães Rosa, guarda o aspecto de obra preparatória. Um mestre nos seus primeiros passos. Mas o produto pode fornecer subsídios para a crítica genética. Não exatamente a hipótese genética desenvolvida por Lucien Goldmann sobre a correlação entre a história da forma romanesca e a história da vida econômica nas sociedades ocidentais. Mas a crítica sugerida por Cecília Almeida Salles em *Crítica genética: uma introdução*[3], concentrada preferencialmente nos manuscritos literários.

A crítica genética, no caso específico de *Magma*, investigaria nos poemas as primeiras manifestações de um processo de criação literária que o autor levou até às últimas consequências. Enfim, o analista poderia rebuscar em *Magma* os primeiros vagidos da verdade adormecida que iria ecoar tempos depois.

A edição revela, ao observador atento, outra face da realidade editorial brasileira: a absoluta omissão do nome de Hygia Ferreira, uma espécie de heroína na batalha de trazer à luz a obra poética de Guimarães Rosa.

Com efeito, foi com a sua tese de doutorado, *Guimarães Rosa. As sete sereias do longe*, que Hygia descerrou as portas do prolongado enigma que foi o conhecimento dos poemas premiados pela Academia Brasileira de Letras por ocasião da remota experiência do autor de *Sagarana*.

Daí por diante, em inúmeras entrevistas e encontros literários, Hygia Ferreira bateu-se corajosamente pela publicação da obra, entregando-se de corpo e alma a essa tarefa.

Pois bem: apesar de ter desenvolvido todo um esquema de chamar a atenção para os primórdios da carreira literária de Guimarães Rosa e de ter dado assistência à própria editora que se encarregou de editá-la, viu-se, com a edição final, totalmente erradicada do processo.

Como quer que seja, Guimarães Rosa poderá renascer de uma análise genética aplicada a *Magma*, pois, conforme já divulgamos a respeito do romancista, interessa nele, especialmente, a dimensão épica, pois nesta, segundo Hegel, o que conta não é o poeta (aedo), que desaparece no conteúdo da epopeia, mas a musa e o canto universal. A aventura poética adestrou-lhe a capacidade de expressão. Em numerosos trabalhos futuros ressurgiu a veia lírica de João Guimarães Rosa; ainda em outras vezes demonstrou seu acercamento da exploração verbal a partir do núcleo, da essência, enfim, do canto buscado na fonte, a poesia.

Notas

1. Originalmente publicado no *Estado de Minas*, Belo Horizonte, 21 de fevereiro de 1998.
2. Publicado no Rio de Janeiro, pela Nova Fronteira, em 1997.
3. SALLES, Cecília Almeida. *Crítica genética: uma introdução*. São Paulo, Educ, 1992.

Rosa imortal[1]

A morte, há dez anos – 19 de novembro de 1967 – não reduziu o interesse em torno de João Guimarães Rosa nem o transformou, como frequentemente acontece, numa glória empalhada. Pelo contrário: *Grande sertão: veredas*, seu livro mais importante, está na 11ª edição, *Sagarana* atingiu a vigésima, e *Primeiras estórias*, a décima, ao mesmo tempo que traduções em todo o mundo confirmam o escritor como um dos maiores de nosso tempo.

A presença de Guimarães Rosa na literatura brasileira, dez anos depois de encerrado seu ciclo de produção, prossegue sua trajetória perturbadora, arrastando uma bibliografia transbordante. Parece ter ingressado num ciclo de consumo interminável. Foco de controvérsias em vida (era consciente de sua capacidade de fazer inimigos), o escritor erigiu-se aos poucos em padrão diferenciador, em marco literário, em fonte perene de consulta, citação e estudo.

Por que isso? Por que um escritor considerado "difícil", laborando com material a seu tempo desprestigiado no mercado das preferências – o sertão – logra permanecer em destaque por tanto tempo? Pois, com o ficcionista mineiro, em termos de aceitação pública, dois fenômenos de ordem excepcional se verificam: o primeiro foi ter provado a glória em vida; o segundo consiste em não ter passado pelo hiato de ostracismo que os artistas, em regra, suportam após o falecimento. Jorge de Lima e Murilo Mendes, por exemplo, passam por ligeiro esquecimento. Mas a obra de Guimarães Rosa não conheceu crepúsculo. Prova-o a torrente de análises que tem merecido sem cessar. "Depois da vida, o que há é mais vida..."

A que se deve tanto empenho crítico? Sabe-se que Guimarães Rosa foi um escritor visceral, quase um mártir das letras, tal a literatura era para ele oxigênio. Foi um dos exemplos mais felizes de artista total e acabado, ou seja, aquele para quem todos os compromissos com a empresa de viver convergiam para a literatura. Suas atividades de médico e diplomata não passaram de ancilares da tarefa de reduzir o mundo a um papiro escrito, um ordenamento estético de tudo. Seu ponto de partida: o sertão; seu ponto de chegada: o universo, com todos os seus acordes. Tinha ânsia de tudo alcançar. "Sabe-se disto – que justo os rijos fazedores, de maneira calada ou confessada, têm de ser no particular suscetíveis aos mais, captem os cantos de todos os galos."

Além de escritor febril, Guimarães Rosa mostrou-se ferrenho forjador de palavras, empenhado armador de sintaxe, criador de mitos, histórias e preceitos. Sua narrativa apoia-se em sentenças lapidares com que indaga invariavelmente do ser e da transcendência, com o que ficam em projeção suas preocupações máximas: a metafísica e o misticismo. E tudo mediante rupturas, discretas violências ao sistema ordinário da língua, manipulações audazes do repertório, liberdades inesperadas.

A sua linguagem singular (o seu idioleto) somente foi impacto no início. A muitos agrediu. Mas, depois, viu-se: era trabalhada sobre matrizes antigas, vinha para valorizar a herança, sempre evocada. Deste modo, dava realce à linguagem antiga por mera redistribuição da ordem convencional, rebarbarizando palavras, devolvendo-lhes, fora da posição sequencial costumeira (em que se apagaram no uso e nas convenções), a luz inaugural, sua força primitiva. Daí, por exemplo, a partir da versão popular, seu sentenciário novo, substitutivo do antigo. E, por debaixo do dizer novo, novo esquema conceitual, de cunho metafísico-religioso. "Talvez, meio existencialista-cristão (alguns me classificam assim), meio neo-platônico (outros me carimbam disto), e sempre impregnado do hinduísmo (conforme terceiros). Os livros são como eu sou." Todo o arranjo morfossintático, toda a preocupação místico-ontológica, todo o minucioso documentário sertanejo prestaram-se a uma função única, a função poética, pela qual Guimarães Rosa seguiu a trilha não batida, *pegou o longo atalho chamado poesia*. Poeta, chegou a ocultar-se atrás de heterônimos que não passavam de anagramas: Soares Guiamar, Meuriss Aragão, Sá Araújo Segrim, Romaguari Saes.

Em 1934, depois de dois anos de "médico da roça" em Itaguara, decidiu deixar Barbacena, onde era capitão-médico, para enfrentar carreira diplomática. Seu objetivo confessado: viajar mundo e estudar línguas. Já se acentuou como tropo dominante na sua obra – *Grande sertão: veredas* em particular – o *homo viator*. Daí travessia, errância... Por que o estudo infindável das línguas?

Em poucos autores a investigação da palavra coincide tanto com a perquirição do ser. Procurou ele, a vida inteira, o vocabulário enérgico e conciso para com ele alcançar o cerne da vida, essências. Muitos estudiosos assinalam seu astucioso jogo de radicais, suas derivações regressivas, sua profusão de prefixos e sufixos, tudo para encurtar conversa e aquecer as emoções. Não há território defeso à sua curiosidade verbal: tanto esquadrinhou o universo linguístico dos vaqueiros e geralistas, os sons da natureza, as vozes e ruídos dos animais, como os recursos da língua alemã e da inglesa, os resíduos do latim no italiano, no francês, no espanhol e no português (daquém e dalém-mar), os efeitos cênicos do japonês, o vocabulário dos indígenas, a fala secreta e reveladora dos mágicos, adivinhos, cartomantes e quiromantes, os signos da cabala e das ciências ocultas.

Por quê? Talvez a resposta de seu interesse pelos idiomas esteja em *Ave, palavra*, livro póstumo (como *Estas estórias*), organizado por diligência culta e amiga de Paulo Rónai, quando Guimarães Rosa, tratando dos Terenos, povo meridional dos Aruaks, ponteia: "Toda língua são rastros de velho mistério."

Mais que nenhum outro escritor brasileiro, ele encarna o mago latino-americano como argonauta do desconhecido, contraposto à mente lógica e pragmática do ocidente, ao mesquinho jogo de trocas do mundo burguês. "O pensamento é um fútil pássaro. Toda razão é medíocre."

Fazendo uma obra erudita, de refinado acabamento, nota-se que não perde o sabor popular. Opera culto depois de rigoroso levantamento da harmonia e do ritmo da dicção inculta. O idioma construído sai-lhe das mãos como formação natural, espontânea e autêntica. Assim como os seus jogos conscientes sofrem influência de fortes impulsos inconscientes, a informação literal é absorvida pela camada simbólica.

Sabe-se dos pacientes inquéritos que Guimarães Rosa realizava acerca dos homens do sertão, suas particularidades físicas e comportamentais, acerca do solo e do subsolo, da flora e da fauna de nosso interior. Dir-se-ia um romancista experimental à Zola, um pesquisador de pormenores para autenticar a prosa realista. Mas, nele, o mágico engolia o documental. Depois de meticuloso levantamento do solo e das circunstâncias históricas de seus enredos, transfundia tudo, pois, a seu ver, o aspecto documentário "é apenas subsidiaríssimo, acessório, mais um 'mal necessário', mas jamais devendo predominar sobre o poético, o mágico, o "humor" e a transcendência metafísica."

Por isso, em carta a Edoardo Bizzarri, seu competente tradutor ao italiano, informa que não reproduz exatamente as imaginações populares, mas propositadas semicontrafações destas. E mais: o gosto de Guimarães Rosa compreendia a forja de palavras-sínteses, encastelamento de resíduos de vários idiomas, montagens, buscando ressonâncias subliminares. Seriam espécie de sub-paracitações: isto é, só células temáticas, gotas de essência, esparzidas aqui e ali, como tempero, as "fórmulas" ultrassucintas. Cada palavra era, para ele, um cacho de acordes.

Deste modo, pode empregar-se a Guimarães Rosa o epíteto que ele aplicou a Edoardo Bizzarri, de "magno-mago – alquimista vitorioso; ou algo madame Curie: capaz de produzir coisa radio-ativa, extraída de um entulho de toneladas de minério." Tudo para extrair das palavras "o leite que a vaca não prometeu". Guimarães Rosa foi essencialmente um tradutor. Enquanto o romancista realista/naturalista buscava copiar a realidade e oferecer um texto transparente como uma casa de vidro, o romancista mineiro praticou um realismo em que também a linguagem é heroica (*Grande sertão: veredas*, por exemplo). Resgatou o foco mítico de nossa ficção e a crença no herói romanesco. Naquele romance, as personagens, embora submetidas ao Destino, realizam-se por suas paixões elevadas e uma volição indomável. Não são heróis naturais, são forças superiores, mas resistentes à natureza e à determinação divina. Sua roupagem é mitopoética.

O exercício do inconsciente é palpável, até mesmo desta entidade indefinida que é o inconsciente coletivo: "Eu, quando escrevo um livro, vou fazendo como se o estivesse 'traduzindo', de algum alto 'original', existente alhures, no mundo astral ou no 'plano das ideias', dos arquétipos, por exemplo." Curioso é notar, em algumas partes da correspondência de Guimarães Rosa, a "tradução" que faz de seus próprios trechos, novas versões, novas paráfrases poéticas.

Seu envolvimento com a matéria escrita era tal que, funcionário público exemplar (os tormentos que padeceu, as noites indormidas pela divergência do Brasil com o Paraguai, por causa de Sete Quedas, já que era chefe do Serviço de Demarcação de Fronteiras do Itamaraty), diplomata por função, modelou-se em homem afável, só ocorrendo uma discrepância pública daquele traço: quando leu apaixonado parecer no Conselho Federal da Cultura rejeitando a proposta de unificação do registro lexical da língua portuguesa. Esbravejou: "Talvez seja, pelo contrário, já tempo de desatendermos um pouco a preocupação brasileira ou brasilusa de bulir-se periodicamente nas consoantes e nos acentos."

Tradutor, sim, mas não um tradutor literal. Sua importância se deve em grande parte à insatisfação e impaciência com que rompeu com os moldes consumados de escrever e de narrar, elevando a ficção a nível raramente experimentado.

Seus processos partiam da natureza para transcender o natural. A natureza que conhecia – o grande sertão – representava a fusão de tudo, o mito de Pandora, já exposto por Machado de Assis no delírio de Brás Cubas.

Também constituía cenário da guerra interminável do consciente com o inconsciente. Manifestava nítida preferência pelo conhecimento intuitivo e via no mecanismo dos mitos as "malhas para captar o incognoscível". Apesar da rigorosa fabricação de sua obra, levada a extremos de exigência racional e de controle, confessava a Edoardo Bizzarri: "Ora, você já notou, decerto, que, como eu, os meus livros, em essência, são "anti-intelectuais" – defendem o altíssimo primado da intuição, da revelação, da inspiração, sobre o bruxolear presunçoso da inteligência reflexiva, da razão, a megera cartesiana."

Consciente era sua sedução pelas exteriorizações da glória. Foi o funcionário irrepreensível e buscou a farda acadêmica como forma homologatória de sua grandeza literária, como se restassem dúvidas a respeito e ele próprio necessitasse de convencer-se. Afonso Arinos de Mello Franco percebeu sutilmente o problema ao mostrar que as exterioridades oficiais deflagravam no romancista "a crise de uma sensibilidade exagerada".

Conforme escrevemos há tempos, a contingência dos seus dias, a transparência da vida e da obra, seu engajamento no mecanismo social temporário e perecível talvez nada possam ensinar de edificante ou exemplar, especialmente para os que pedem justiça dos homens, não dos deuses. Mas do lado do conhecimento da natureza oculta do homem, da gênese das formas líricas, da força épica da linguagem, daí, sim, deste campo de mergulho e de sondagens é que lega à humanidade uma nova iluminação, singular e original como poucos, pouquíssimos.

"De repente, morreu: que é quando um homem vem inteiro pronto de suas próprias profundezas."

Nota

1. Trabalho originalmente publicado na revista *Veja* de 23 de novembro de 1977, dez anos após a morte do escritor. Reproduzido com ligeiras alterações do autor, sem indicação convencional das fontes. Elas integram o sentido evocativo da obra e do autor, longe das exigências acadêmicas.

Índice onomástico

A
ADONIAS Filho, 4
ALAZRAKI, Jaime, 10
ALBERGARIA, Consuelo, 66
ALENCAR, José de, VIII, 37
ALIGHIERI, Dante, 46
ALMEIDA, José Américo de, 74
AMADO, Jorge, 74
AMBRÓSIO, Manuel, 12
ANDRADE, Carlos Drummond de, 5, 64
ANDRADE, Mário de, VIII, 4, 37, 64, 66, 74
ANDRADE, Oswald de, 66, 74
ANDRADE, Vera Lúcia de, 66
ANJOS, Ivana Versiani dos, 5, 87
ARISTÓTELES, 30, 69, 92
ARROYO, Leonardo, 11, 61
ASSIS, J. M. Machado de, VII-IX, XII, XIII, 5, 14, 36, 37, 64, 108
ATAÍDE, Tristão de, 66
AULETE, Caldas, 45
AUSTEN, Jane, IX

B
BACHELARD, Gaston, 71
BALZAC, Honoré de, IX
BARROS, Manuel de, 90
BARROSO, Haydé M. Jofre, 98
BAUDELAIRE, Charles, IX
BEETHOVEN, L., 65
BERGSON, Henri, 65, 92
BIZARRI, Edoardo 12, 106-108
BOAVENTURA, Ricardo Soares, 24
BORGES, Jorge Luis, VII-X, 65, 92
BORROMINI, Francesco, 45
BRECHT, Bertold, 91
BROCA, José Brito, 5, 6
BRUYAS, Jean-Paul, 66
BURTON, Richard, VIII
BUSSOLOTTI, Maria Apparecida Faria Marcondes, 32

C
CALÁBRIA, Mário, 32
CAMÕES, Luis de, VII, 46
CAMPOS, Augusto de, 66

Índice onomástico

CAMPOS, Haroldo de, 66
CANDIDO, Antonio, 64, 66, 87
CANNABRAVA, Euryalo, 66
CARPEAUX, Otto Maria, 45
CARROLL, Lewis, 86
CARVALHO, Joaquim de
   Montezuma de, 29
CARVALHO, Manoel Rodrigues de, 11
CASKEY, Alexandre, 91
CASTILHO, Levínio, 11
CASTRO, Américo, VIII
CASTRO, João Paulo Campello de, 25
CASTRO, Nei Leandro de, 87
CHAVES, Flávio Loureiro, 66
CHESTERTON, G. K., VIII
CHOMSKY, Noam, 85
CLÉDAT, 45
COELHO, Marco Antônio
   Tavares, 11
COELHO, Nelly Novaes, 66
CONY, Carlos Heitor, 36
CORÇÃO, Rogério, 32
CORNFORD, Francis M., 61
CORRÊA, Marcos Sá, 24
COUTINHO, Afrânio, 66
COUTINHO, Eduardo de Faria, 5, 7, 64-67
COUTO, Mia, 90
CROCE, Benedetto, IX, 69
CUNHA, Euclides da, 5, 39, 64, 88-96

D
DANIEL, Mary Lou, 12
DAUZAT, 45
DAVIS, William Myron, 12, 60
DIAS, Fernando Correia, 66
DIAS, Gonçalves, VII
DICKENS, Charles, IX

E
ELIADE, Mircea, 70
ÉLIS, Bernardo, 33

F
FARIA, Otávio de, 91
FERREIRA, Hygia Therezinha
   Calmon, 34, 97-99, 101
FILLMORE, Charles, 85
FIRMO, Walter, 24
FONSECA, Rubem, 90, 91
FONTES, Amando, 74
FORNAZARO, Antônio F., 42, 50-53
FORSTER, E. M., 69
FOWLER, Roger, 85
FREUD, Sigmund, 70
FROMKIN, Victoria, 85

G
GALVÃO, Walnice Nogueira, 66
GARBUGLIO, José Carlos, 66
GENETTE, Gérard, 15
GERSEN, Bernardo, 66
GOETHE, Johann Wolfgang von, 4, 66
GOLDMANN, Lucien, 101
GÓNGORA, Luis de, 46
GRANATO, Fernando, 24

H
HALLIDAY, M. A. K., 85
HEGEL, G. W. Friedrich, 69, 88, 98, 102
HERÁCLITO, 29, 92
HERENIO, C., 91
HIRSCH, E. D., 85
HOISEL, Evelina de C. de Sá, 66
HOMANN, Richard, 85
HOMERO, 88
HYMES, Dell, 85

I
INGARDEN, R., 62

J
JAKOBSON, Roman, 15
JAUSS, Hans Robert, 69
JOZEF, Bella, 66
JOYCE, James, 4, 66, 72, 86
JUNG, Carl Gustav, 70, 72

L
LABOV, William, 85
LEÃO, Ângela Vaz, 66
LEVIN, Samuel, 85
LIMA, Jorge de, 6, 44-47, 64, 74, 104
LIMA, Luiz Costa, 66
LINS, Álvaro, 64, 66
LISBOA, Henriqueta, 66
LISPECTOR, Clarice, 5, 39, 74-83
LORENZ, Günter, 65, 68
LUGONES, L., x

M
MARCEL, Gabriel, 88, 95
MARLOWE, Christopher, 7
MARQUES, Oswaldino, 5, 60, 65, 66
MARTINS, Saul, 11
MAYOR, Teresinha Souto, 12
McEWAN, Ian, IX
MEIRA, Mauritônio, 6
MENDES, Murilo, 44, 64, 104
MEYER-CLASON, Curt, 32, 33
MONEGAL, Emir Rodríguez, 66
MONTENEGRO, Braga, 66
MOURÃO, Rui, 66
MURRY, J. Middleton, 91

N
NABUCO, Joaquim, 91
NASCENTES, Antenor, 45

NIETZSCHE, Friedrich, 30, 61
NUNES, Benedito, 66

O
OLIVEIRA, Franklin de, 65, 66

P
PÁDUA, Maria Tereza, 24
PASCHOAL, Erlon José, 32
PEREZ, Renard, 66
PESSOA, Fernando, 56
PINKER, Steven, VIII
PLATÃO, 30
POE, Edgar Alan, VIII
PORTELLA, Eduardo, 66
PROENÇA, Manuel Cavalcanti, 5, 60, 66
PROUST, Marcel, 65, 69, 92
PY, Fernando, 66

Q
QUEIROZ, Rachel de, 74
QUENEAU, Raymond, 88

R
RABELAIS, François, 86
RAMOS, Graciliano, 4, 64, 74
RAMOS, Maria Luiza, 66
REBELO, Marques, 4
REGO, José Lins do, 64, 74
RIBEIRO, Aquilino, 6, 39, 41, 42, 48-53, 95
RICARDO, Cassiano, 64
RÓNAI, Paulo, 33, 54, 66, 106

S
SALLES, Cecília Almeida, 101
SANTOS, Lívia Ferreira, 66
SANTOS, Wendel, 68-73
SARAIVA, Arnaldo, 6, 92

SARLO, Beatriz, ix, x
SARMIENTO, Domingo Faustino, x
SCHÜLER, Donaldo, 5, 7, 66
SCHWARZ, Roberto, 66
SHAKESPEARE, William, 4
SILVEIRA, Ariosto da, 11, 12
SILVEIRA, Valdomiro, 4
SIMÕES, João Gaspar, 44, 45, 47
SLOTIN, Shelley C., 91
SOARES, Cyro José, 25
SÓCRATES, 30
SPERBER, Suzi Frankl, 5, 15
STAIGER, Emil, 69
STEVENSON, R. L., viii

T
THORNE, James, 85
TITAN Jr., Samuel, ix

V
VASCONCELOS, Francisco Mourão, 25
VIEGAS, Sônia Maria, 61
VIGGIANO, Alan, 11, 23, 61

W
WARD, Teresinha Souto, 11, 23, 61, 62, 84-87
WELLS, H. G., viii

X
XISTO, Pedro, 66

Z
ZOLA, Émile, 106

Editora Manole

Este livro foi composto em Electra LT no corpo 10,5/15 e impresso sobre papel Chamois fine 80 g/m² pela Prol Editora Gráfica – SP, Brasil.